古诗源

沈德潜◎编

吉林出版集团股份有限公司

图书在版编目（ＣＩＰ）数据

古诗源 / 沈德潜编 . —长春：吉林出版集团股份
有限公司，2017.6（2021.5 重印）
　ISBN 978-7-5581-2732-8

　Ⅰ . ①古… Ⅱ . ①沈… Ⅲ . ①古典诗歌–诗集–中国
Ⅳ . ① I222.72

中国版本图书馆 CIP 数据核字（2017）第 128813 号

古诗源

编　　者	沈德潜	
策划编辑	杜贞霞	
责任编辑	齐　琳	史俊南
封面设计	老　刀	
开　　本	650mm×960mm　1/16	
字　　数	296 千字	
印　　张	20.5	
版　　次	2017 年 10 月第 1 版	
印　　次	2021 年 5 月第 2 次印刷	

出　　版	吉林出版集团股份有限公司
电　　话	总编办：010-63109269
	发行部：010-69584388
印　　刷	三河市京兰印务有限公司

ISBN 978-7-5581-2732-8　　　　　　定价：52.80 元

目　录

目 录

序

　　诗至有唐为极盛。然诗之盛非诗之源也。今夫观水者至观海止矣。然由海而溯之。近于海为九河。其上为泽水。为孟津。又其上由积石以至昆仑之源。记曰。祭川者先河后海。重其源也。唐以前之诗。昆仑以降之水也。汉京魏氏。去风雅未远。无异辞矣。即齐梁之绮缛。陈隋之轻艳。风标品格。未必不逊于唐。然缘此遂谓非唐诗所由出。将四海之水非孟津以下所由注。有是理哉。有明之初。承宋元遗习。自李献吉以唐诗振。天下靡然从风。前后七子。互相羽翼。彬彬称盛。然其敝也。株守太过。冠裳土偶。学者咎之。由守乎唐而不能上穷其源。故分门立户者得从而为之辞。则唐诗者宋元之上流。而古诗又唐人之发源也。予前与树滋陈子辑唐诗成帙。窥其盛矣。兹复溯隋陈而上。极乎黄轩。凡三百篇、楚骚而外。自郊庙乐章讫童谣里谚。无不备采。书成。得一十四卷。不敢谓已尽古诗。而古诗之雅者略尽于此。凡为学诗者导之源也。昔河汾王氏。删汉魏以下诗。继孔子三百篇后。谓之续经。天下后世群起攻之曰僭。夫王氏之僭。以其拟圣人之经。非谓其录删后诗也。使误用其说。谓汉魏以下学者不当搜辑。是惩热羹而吹齑。见人噎而废食。其亦茕茕拘拘之见尔矣。予之成是编也。于古逸存其概。于汉京得其详。于魏晋猎其华。而亦不废夫宋齐后之作者。既以编诗。亦以论世。使览者穷

1

本知变。以渐窥风雅之遗意。犹观海者由逆河上之以溯昆仑之源。于诗教未必无少助也夫。

康熙己亥夏五长洲沈德潜书于南徐之见山楼

例　言

康衢击壤。肇开声诗。上自陶唐。下暨秦代。韵语可采者。或取正史。或裁诸子。杂录古逸。冠于汉京。穷诗之源也。诗纪备详。兹择其尤雅者。

风骚既息。汉人代兴。五言为标准矣。就五言中。较然两体。苏李赠答、无名氏十九首。古诗体也。庐江小吏妻、羽林郎、陌上桑之类。乐府体也。昭明独尚雅音。略于乐府。然措词叙事。乐府为长。兹特补昭明选未及。后之作者。知所区别焉。

安世房中歌。诗中之雅也。汉武郊祀等歌。诗中之颂也。庐江小吏妻、羽林郎、陌上桑等篇。诗中之国风也。乐府中亦具三体。当分别观之。

曹子建云。汉曲讹不可辨。魏人且然。况今日耶。凡不能句读及无韵不成诵者均不录。

苏李以后。陈思继起。父兄多才。渠尤独步。故应为一大宗。邺下诸子。各自成家。未能方埒也。嗣宗触绪兴怀。无端哀乐。当涂之世。又成别调矣。

壮武之世。茂先休奕。莫能轩轾。二陆潘张。亦称鲁卫。太冲拔出于众流之中。丰骨峻上。尽掩诸家。钟记室季孟于潘陆之间。非笃论也。后此越石景纯。联镳接轸。过江末季。挺生陶公。无意为诗。斯臻至诣。不第于典午中屈一指云。

诗至于宋。体制渐变。声色大开。康乐神工默运。明远廉隽

3

无前。允称二妙。延年声价虽高。雕镂太甚。未宜鼎足矣。齐人寥寥。玄晖独有一代。元长以下。无能为役。

萧梁之代。风格日卑。隐侯短章。犹存古体。文通仲言。辞藻斐然。虽非出群之雄。亦称一时作者。陈之视梁。抑又降焉。子坚孝穆。并以总持。略其体裁。专求名句。所云差强人意者耶。

梁时横吹曲。武人之词居多。北音铿锵。钲铙竞奏。企喻歌、折杨柳歌词、木兰诗等篇。犹汉魏人遗响也。北齐敕勒歌。亦复相似。

北朝词人。时流清响。庾子山才华富有。悲感之篇。常见风骨。所长不专在造句也。徐庾并名。恐孝穆华词。瞠乎其后。

隋炀帝艳情篇什。同符后主。而边塞诸作。矫然独异。风气将转之候也。杨处道清思健笔。词气苍然。后此射洪曲江。起衰中立。此为之胜广矣。

汉武立乐府采歌谣。郭茂倩编乐府诗集。杂谣歌词。亦具收录。谓观此可以知治忽验盛衰也。愚于各代诗人后嗣以歌谣。犹前人志云。

汉以前歌词。后人拟作甚夥。如夏禹玉牒词。汉武帝落叶哀蝉曲类是也。词旨可取。不妨并登。真伪自可存而不论。然如皇娥、白帝歌。事近于诬；虞姬答歌、苏武妻答诗。词近于时。类此者不敢从俗采入。

诗非谈理。亦乌可悖理也。仲长统述志云。畔散五经。减灭风雅。放恣不可问矣。类此者概所屏却。

晋人子夜歌。齐梁人读曲等歌。俚语俱趣。拙语俱巧。自是诗中别调。然雅音既远。郑卫杂兴。君子弗尚也。愚于唐诗选本中。不收西昆香奁诸体。亦是此意。

新城王尚书向有古诗选本。抒文载实。极工裁择。因五言七言分立界限。故三四言及长短杂句均在屏却。兹特采录各体。补所未备。又王选五言兼取唐人。七言下及元代。兹从陶唐氏起。南北朝止。探其源不暇沿其流也。

诗之为用甚广。范宣讨贰。爰赋摽梅；宗国无鸠。乃歌圻父。断章取义。原无达诂也。笺释评点。俱可无庸。为学人启途径。未能免俗耳。

书中征引。宜录全文。缘疏通大义。匪同笺注。凡经史子集。时从删节。近于因陋就简。识者谅诸。

德潜学识浅鲜。于剟诗辑颂。略无所得。此书援据典实。通达奥义。得三益之功居多。参订姓氏。详列于简。

　　　　　　　　　　归愚沈德潜识

古诗源卷一

古　逸

击壤歌

帝王世纪。帝尧之世。天下太和。百姓无事。有老人击壤而歌。

日出而作。日入而息。凿井而饮。耕田而食。帝力于我何有哉。帝尧以前。近于荒渺。虽有皇娥、白帝二歌。系王嘉伪撰。其事近诬。故以击壤歌为始。

康衢谣

列子。帝治天下五十年。不知天下治与不治与。亿兆愿戴己与。乃微服游于康衢。闻儿童谣云。

立我蒸民。莫匪尔极。不识不知。顺帝之则。

伊耆氏蜡辞

礼记郊特牲云。伊耆氏始为蜡。蜡者。索也。岁十二月。合聚万物而索飨之也。祝辞曰。

土反其宅。水归其壑。昆虫毋作。草木归其泽。末句言草木归根于薮泽。不生于耕稼之土也。

尧 戒

淮南子人间训。

战战慄慄。日谨一日。人莫踬于山。而踬于垤。大圣人忧勤惕厉语。

卿云歌

尚书大传。舜将禅禹。于是俊乂百工。相和而歌卿云。帝倡之。八伯咸稽首而和。帝乃载歌。

卿云烂兮。糺缦缦兮。日月光华。旦复旦兮。旦复旦隐寓禅代之旨。

八伯歌

明明上天。烂然星陈。日月光华。弘于一人。

帝载歌

日月有常。星辰有行。四时从经。万姓允诚。于予论乐。配天之灵。迁于贤善。莫不咸听。夔乎鼓之。轩乎舞之。菁华已竭。褰裳去之。

南风歌

家语。舜弹五弦之琴。歌南风之诗。其诗曰。

南风之薰兮。可以解吾民之愠叶平。兮。南风之时兮。可以阜吾民之财兮。

禹玉牒辞

祝融司方发其英。沐日浴月百宝生。竟似歌行中名语。开后人奇警一派。

夏后铸鼎繇

困学记闻云。太卜三兆。其颂皆千有二百。夏后铸鼎繇云云。

逢逢白云。一南一北。一西一东。九鼎既成。迁于三国。北与国为韵。而以一西一东句间之。章法甚奇。

商 铭

见国语。

嗛嗛之德。不足就也。不可以矜。而只取忧也。嗛嗛之食。不足狃也。不能为膏。而只离咎也。嗛嗛。小貌。转以德居食先。此古人章法。

麦秀歌

史记。箕子朝周。过故殷墟。感宫室毁坏生禾黍。箕子伤之。欲哭则不可。欲泣为其近妇人。乃作麦秀之诗以歌之。

麦秀渐渐兮。禾黍油油。彼狡童兮。不与我好兮。

采薇歌

史记。武王已平殷乱。天下宗周。伯夷叔齐耻之。义不食周粟。采薇首阳山。饿且死。作歌。

登彼西山兮。采其薇矣。以暴易暴兮。不知其非矣。神农虞夏。忽焉没兮。吾适安归矣。吁嗟徂兮。命之衰矣。

盥盘铭

以下铭辞见大戴礼。

与其溺于人也。宁溺于渊。溺于渊犹可游也。溺于人不可救也。诸铭中。有切者。有不必切者。无非借器自儆。若句句黏著。便类后人咏物。

带　铭

火灭修容。慎戒必恭。恭则寿。语极古奥。恭则寿。所谓威仪定命也。

杖　铭

恶乎危。于忿懥。恶乎失道。于嗜欲。恶乎相忘。于富贵。

衣　铭

桑蚕苦。女工难。得新捐故后必寒。

笔　铭

豪毛茂茂。陷水可脱。陷文不活。起句不入韵。

矛　铭

造矛造矛。少间弗忍。终身之羞。余一人所闻。以戒后世子孙。末二句忽转一韵。叠用两句韵作结。唐人古体每每用之。其原盖出于此。葛覃第三章。饭牛歌二章。亦同。

书　车

太平御览引太公金匮。武王曰。吾随师尚父之言。

因为书铭。

自致者急。载人者缓。取欲无度。自致而反。<small>圣贤反己之学。</small>
<small>不肯自恕。</small>

书　户

出畏之。入惧之。

书　履

行必履正。无怀侥幸。

书　砚

石墨相著而黑。邪心谗言。无得污白。

书　锋

忍之须臾。乃全汝躯。<small>与矛铭意同。</small>

书　杖

辅人无苟。扶人无咎。

书　井

原泉滑滑。连旱则绝。取事有常。赋敛有节。<small>书井忽然触到赋</small>

敛。古人随事寄托。不工肖物。

白云谣

穆天子传。乙丑。天子觞西王母于瑶池之上。西王
母为天子谣曰。

白云在天。丘陵古陵字。自出。道里悠远。山川间之。将子
无死。尚复能来。

祈 招

左传。楚子革云。周穆王欲肆其心。周行天下。将
皆必有车辙马迹焉。祭公谋父作祈招之诗。以止王心。

祈招之愔愔。式昭德音。思我王度。式如玉。式如金。形民
之力。而无醉饱之心。

懿氏繇

左传。陈大夫懿氏卜妻敬仲。其妻占之曰吉。
词曰。

凤凰于飞。和鸣锵锵。有妫之后。将育于姜。五世其昌。并
于正卿。八世之后。莫之与京。

鼎　铭

　　左传。宋正考父佐戴武宣。三命滋益恭。其鼎
铭云。

一命而偻。再命而伛。三命而俯。循墙而走。亦莫余敢侮。
饘于是。鬻于是。以糊余口。人有卑屈而召侮者。莫余敢侮。方是主敬
之验。孔子亦云恭近于礼。远耻辱也。

虞　箴

　　左传。魏庄子谓晋侯曰。昔辛甲之为太史。命百官
箴王之阙。于虞人之箴曰。

芒芒禹迹。画为九州。经启九道。民有寝庙。兽有茂草。各
有攸处。德用不扰。在帝夷羿。冒于原兽。忘其国恤。而思其麀
牡。武不可重。用不恢于夏家。叶姑。兽臣司原。敢告仆夫。起第
三句入韵。

饭牛歌

　　淮南子。宁戚欲干齐桓公。困穷无以自达。于是为
商旅。将任车以商于齐。暮宿于郭门外。桓公迎郊客。
夜开门辟。任车爝火甚众。戚饭牛车下。击牛角而疾商
歌。桓公闻之曰。异哉。非常人也。命后车载之。因授
以政。

南山矸。音岸。白石烂。生不逢尧与舜禅。短布单衣适至骭。音干。从昏饭牛薄夜半。长夜漫漫何时旦。长夜句感慨。

沧浪之水白石粲。中有鲤鱼长尺半。敝布单衣裁至骭。清朝饭牛至夜半。黄犊上坂且休息。吾将舍汝相齐国。

出东门兮厉石班。上有松柏青且阑。粗布衣兮缊缕。时不遇兮尧舜主。牛兮努力食细草。大臣在尔侧。吾当与汝适楚国。自命大臣。何等自负。适楚国。即后世北走胡南走越意。战国策士之习。已萌于此。

琴　歌

风俗通。百里奚为秦相。堂上乐作。所赁浣妇自言知音。因抚弦而歌。问之。乃故妻也。

百里奚。五羊皮。忆别时。烹伏雌。炊扊扅。今日富贵忘我为。

暇豫歌

国语。晋优施通于骊姬。姬欲害申生而难里克。乃饮里克酒。中饮。优施起舞曰。

暇豫之吾吾。不如鸟乌。人皆集于菀。己独集于枯。

宋城者讴

左传。郑公子受命于楚。伐宋。宋师败绩。囚华元。宋人以兵车百乘。文马四驷。赎华元于郑。半入。华元逃归。后宋城。华元为植。巡功。城者讴以讥之。华元使骖乘者答之。役人又复歌之。

睅其目。皤其腹。弃甲而复。于思读腮。于思。弃甲复来。

骖乘答歌

牛则有皮。犀兕尚多。弃甲则那。那，犹言何害也。

役人又歌

从其有皮。丹漆若何。答语亦滑稽。而役人之歌。滑稽更甚。

鸜鹆歌

左传。鲁文公之世童谣也。至昭公时。有鸜鹆来巢。公攻季氏。败。出奔齐外野。次乾侯。八年。死于外。归葬。昭公名稠。公子宋立。是为定公。

鸜之鹆之。公出辱之。鸜鹆之羽。公在外野。往馈之马。鸜鹆跦跦。公在乾侯。征褰与襦。鸜鹆之巢。远哉遥遥。稠父丧劳。宋父以骄。鸜鹆鸜鹆。往歌来哭。数十年后事。一一皆验。跦跦。跳行貌。褰，裤也。襦，在外短衣也。

泽门之晳讴

左传。宋皇国父为太宰。为平公筑台于门。妨于农收。子罕请俟农功之毕。公弗许。筑者讴曰。

泽门之皙。实兴我役。邑中之黔。实慰我心。

忧慷歌

歌见孙叔敖碑。与史记滑稽传所载相类。附录史记
于此。楚相孙叔敖死。其子穷困负薪。优孟怜之。即为
孙叔敖衣冠。抵掌谈语。岁余。像孙叔敖。楚王置酒。
优孟前为寿。王大惊。以为孙叔敖复生也。欲以为相。
优孟曰。楚相不足为也。孙叔敖为相。尽忠为廉。王得
以伯。今死。其子贫负薪。必如孙叔敖。不如自杀。因
歌云云。王乃召孙叔敖子。封之寝丘。

贪吏而不可为而可为。廉吏而可为而不可为。贪吏而不可为
者。当时有污名。而可为者。子孙以家成。廉吏而可为者。当时
有清名。而不可为者。子孙困穷被褐而负薪。贪吏常苦富。廉吏
常苦贫。独不见楚相孙叔敖。廉洁不受钱。将廉吏之不可为说透。而
主意于末一语缀出。情深语竭。楚王听之。不觉自入。

子产诵二章

左传。子产从政一年。舆人诵之云云。及三年。又
诵之云云。

取我衣冠而褚之。取我田畴而伍之。孰杀子产。吾其与之。
我有子弟。子产诲之。我有田畴。子产殖音冶。之。子产而

死。谁其嗣之。

孔子诵二章

家语。孔子始用于鲁。鲁人惊诵之云云。及三月。
政成。化既行。又诵之云云。

麛裘而韠。投之无戾。韠之麛裘。投之无邮。
衮衣章甫。实获我所。章甫衮衣。惠我无私。

去鲁歌

史记。孔子相鲁。鲁大治。齐人归女乐。季恒子受
之。三日不听政。郊。又不致膰于大夫。孔子遂行。
歌曰。

彼妇之口。可以出走。彼妇之谒。可以死败。盖优哉游哉。
维以卒岁。

蟪蛄歌

说苑。孔子歌云云。政尚静而恶哗也。

违山十里。蟪蛄之声。犹尚在耳。史记云。鲁之衰也。洙泗之
间。盖断断如也。即恶哗之意。

临河歌

水经注。孔子适赵。临河不济。叹而作歌。

狄水衍兮风扬波。舟楫颠倒更相加。归来归来胡为斯。狄，水名。在临济。旧作秋误。

楚聘歌

孔丛子。楚王使使奉金币聘夫子。宰予冉有曰。夫子之道。至是行矣。遂请见。问曰。太公勤身苦志。八十而遇文王。孰与许由之贤。子曰。许由独善其身者也。太公兼利天下者也。然今世无文王。虽有太公。孰能识之。歌曰。

大道隐兮礼为基。贤人窜兮将待时。天下如一兮欲何之。

获麟歌

孔丛子。叔孙氏之车子鉏商樵于野而获麟焉。众莫之识。以为不祥。夫子往观焉。泣曰。麟也。麟出而死。吾道穷矣。歌云云。

唐虞世兮麟凤游。今非其时来何求。麟兮麟兮我心忧。和平语入人自深。此圣人之言也。

龟山操

琴操。季桓子受齐女乐。孔子欲谏不得。退而望鲁龟山作歌。喻季之蔽鲁也。

予欲望鲁兮。龟山蔽之。手无斧柯。奈龟山何。所以七日诛少正卯也。故知圣人不尚姑息。

盘　操

琴操。

干泽而渔。蛟龙不游。覆巢毁卵。凤不翔留。惨予心悲。还原息陬。

水仙操

琴苑要录。水仙操。伯牙所作也。伯牙学琴于成连。三年而成。至于精神寂漠。情之专一。未能得也。成连曰。吾之学。不能移人之情。吾师有方子春。在东海中。乃赍粮从之。至蓬莱山。留伯牙曰。吾将迎吾师。刺船而去。旬时不返。伯牙心悲。延颈四望。但闻海水汩没。山林窅冥。群鸟悲号。仰天叹曰。先生将移我情。乃援琴而作歌。

繄洞渭兮流澌濩。舟楫逝兮仙不还。移形素兮蓬莱山。欸钦伤宫仙不还。欸，音乌。欸钦未详。伯姬引亦用欸钦字。一序已尽琴理。歌辞略见大意。

接舆歌

事见庄子。论语所载大同小异。

凤兮凤兮。何如德之衰也。来世不可待。往世不可追也。天下有道。圣人成焉。天下无道。圣人生焉。方今之时。仅免刑焉。福轻乎羽。莫之知载。祸重乎地。莫之知避。已乎已乎。临人以德。殆乎殆乎。画地而趋。音促。迷阳迷阳。无伤吾行。吾行却曲。无伤吾足。圣人生焉。谓徒生于世也。迷阳。草名。其肤多刺。故曰无伤云云。

成人歌

檀弓。成人有其兄死而不为衰者。闻高子皋为成宰。遂为衰。成人歌曰。

蚕则绩而蟹有匡。范则冠而蝉有绥。兄则死而子皋为之衰。成，鲁邑名。匡，蟹背壳似匡也。范，蜂也。绥，谓蝉喙。长在腹下。此嗤兄死者。其衰之不为兄也。

渔父歌

吴越春秋。伍员奔吴。追者在后。至江。江中有渔父。子胥呼之。渔父欲渡。因歌云云。子胥止芦之漪。渔父又歌云云。既渡。渔父视之有饥色。曰。为子取饷。渔父去。子胥疑之。乃潜深苇之中。父来。持麦饭鲍鱼羹盎浆。求之不见。因歌而呼之云云。子胥出。饮食毕。解百金之剑以赠。渔父不受。问其姓名。不答。子胥诚渔父曰。掩子之盎浆。无令其露。渔父诺。胥行数步。渔者覆船自沉于江。

日月昭昭乎寝已驰。与子期乎芦之漪。

日已夕兮。予心忧悲。月已驰兮。何不渡为。事寝急兮将奈何。

芦中人。岂非穷士乎。合上章为韵。其声愈促。

偕隐歌

琴清英云。祝牧与其妻偕隐。乃作歌。

天下有道。我黻子佩。天下无道。我负子戴。

徐人歌

刘向新序。延陵季子将聘晋。带宝剑。徐君不言。而色欲之。季子未献也。然其心已许之。使反。而徐君已死。季子于是以剑带徐君墓树而去。徐人为之歌。

延陵季子兮不忘故。脱千金之剑兮带丘墓。

越人歌

刘向说苑。鄂君子皙泛舟于新波之中。乘青翰之

舟。张翠盖。会钟鼓之音。越人拥楫而歌。于是鄂君乃
榆修袂行而拥之。举绣被而覆之。

今夕何夕兮，搴洲中流。今日何日兮，得与王子同舟。蒙羞
被好兮，不訾诟耻。心几烦而不绝兮，得知王子。山有木兮木有
枝。心说君兮君不知。与思公子兮未敢言同一婉至。

越谣歌

风土记。越俗性率朴。初与人交。有礼。封土坛。
祭以犬鸡。祝曰。

君乘车。我戴笠。他日相逢下车揖。君担簦。我跨马。他日
相逢为君下。

琴　歌

列女传。齐人杞梁殖袭莒。战死。其妻哭于城下。
七日而城崩。故琴操云。殖死。其妻援琴作歌曰。

乐莫乐兮新相知。悲莫悲兮生别离。

灵宝谣

灵宝要略。吴王阖闾出游包山。见一人。自言姓山
名隐居。阖闾扣之。乃入洞庭。取素书一卷呈阖闾。其
文不可识。令人赍之问孔子。孔子曰。丘闻童谣云云。

吴王出游观震湖。龙威丈人山隐居。北上包山入灵墟。乃入洞庭窃禹书。天地大文不可舒。此文长传百六初。若强取出丧国庐。

吴夫差时童谣

述异记。吴王有别馆在句容。楸梧成林。故名梧宫。或云即馆娃宫。宫有梧桐园。

梧宫秋。吴王愁。国家愁惨之状。尽于六字中。不啻闻雍门之弹矣。秋，隐语也。

乌鹊歌

彤管集。韩凭为宋康王舍人。妻何氏美。王欲之。捕舍人。筑青陵之台。何氏作乌鹊歌以见志。遂自缢。

南山有乌。北山张罗。乌自高飞。罗当奈何。
乌鹊双飞。不乐凤凰。妾是庶人。不乐宋王。妙在质直。唐孟郊列女操。波澜誓不起。妾心井中水。此一种也。

答夫歌

其雨淫淫。河大水深。日出当心。王得诗。以问苏贺。贺曰。雨淫淫，愁且思也。河水深，不得往来也。日当心，死志也。语特奇创。

越群臣祝

吴越春秋。越王勾践五年。与大夫种范蠡入臣于吴。群臣送之浙江之上。临水祖道。军陈固陵。大夫前为祝。词曰。

皇天祐助。前沉后扬。祸为德根。忧为福堂。威人者灭。服从者昌。王离牵致。其后无殃。君臣生离。感动上皇。众夫悲哀。莫不感伤。臣请薄脯。酒行二觞。前沉后扬。吴越初终。尽此四字。

大王德寿。无疆无极。乾坤受灵。神祇辅翼。我王厚之。祉祐在侧。德销百殃。利受其福。去彼吴庭。来归越国。

祝越王辞

吴越春秋。越王既灭吴。伯诸侯。置酒文台。群臣为乐。大夫种进祝酒。词曰。

皇天祐助。我王受福。良臣集谋。我王之德。宗庙辅政。鬼神承翼。君不忘臣。臣尽其力。上天苍苍。不可掩塞。觞酒二升。万福无极。君不忘臣。臣尽其力。恐君臣之不终。故有此语。我王仁贤。怀道抱德。灭仇破吴。不忘返国。赏无所吝。群邪杜塞。君臣同和。福祐千亿。觞酒二升。万岁难极。

弹　歌

吴越春秋。越王欲谋伐吴。范蠡进善射者陈音。王

27

问曰。孤闻子善射。道何所生。对曰。臣闻弩生于弓。弓生于弹。弹起于古之孝子。不忍见父母为禽兽所食。故作弹以守之。歌曰。

断竹续竹。飞土逐宍。宍，古肉字。二字为句。刘勰云。断竹黄歌。贤之至也。

禳田者祝

史记。齐威王使淳于髡于赵。请兵御楚。赍金百斤。车马十驷。髡仰天大笑。冠缨索绝。王曰。先生少之乎。髡曰。臣从东方来。见道旁禳田者。操豚蹄。酒一盂而祝云云。臣见所持者狭。而所欲者奢。故笑之。

瓯窭音楼。满篝，污邪满车。五谷蕃熟。穰穰满家。瓯窭。少意。篝，笼也。言少者犹满篝也。污邪，下田也。词极古茂。起二语亦可二字成句。诗蟏蛸在东同此。

巴谣歌

茅盈内传。秦始皇三十一年。九月庚子。茅盈高祖濛于华山之中。乘云驾鹤。白日升天。先是时有巴谣歌辞云云。始皇闻谣歌而问其故。父老具对曰。此仙人之谣歌。劝帝求长生之术。于是始皇欣然。乃有寻仙之志。因改腊月嘉平。

神仙得者茅初成。驾龙上升入太清。时下玄洲戏赤城。继世而往在我盈。帝若学之腊嘉平。

渡易水歌

史记。燕太子丹使荆轲刺秦王。至易水之上。既祖
取道。高渐离击筑。荆轲和而歌。为变徵之声。士皆垂
泪涕泣。又前而歌曰。

风萧萧兮易水寒。壮士一去兮不复还。至今读之。犹存变征
之声。

三秦记民谣

武功太白。去天三百。孤云两角。去天一握。山水险阻。黄
金子午。蛇盘乌栊。势与天通。奇奥。

楚人谣

史记。楚怀王为张仪所欺。客死于秦。至王负刍。
遂为秦所灭。百姓哀之。

楚虽三户。亡秦必楚。哀痛激烈。比松柏之歌尤甚。

河图引蜀谣

汶阜之山。江出其腹。帝以会昌。神以建福。

湘中渔歌

帆随湘转。望衡九面。禹贡。夹右碣石。入于河。简而能达。不图此复遇之。

太公兵法引黄帝语

以下古逸谐语。

日中不彗。是谓失时。操刀不割。失利之期。执柯不伐。贼人将来。涓涓不塞。将为江河。荧荧不救。炎炎奈何。两叶不去。将用斧柯。为虺弗摧。行将为蛇。两叶不去。二句。古人未尝不造句也。不必果出黄帝。然其语可录。

六 韬

天下攘攘。皆为利往。天下熙熙。皆为利来。

管 子

墙有耳。伏寇在侧。

左传引逸诗

翘翘车乘。招我以弓。岂不欲往。畏我友朋。陈敬仲引。难进之思凛然。

俟河之清。人寿几何。兆云询多。职竞作罗。<small>郑子驷引。</small>

虽有丝麻。无弃菅蒯。虽有姬姜。无弃蕉萃。<small>同憔悴。</small>凡百
君子。莫不代匮。<small>见子重伐莒篇。</small>

左 传

山有木。工则度之。宾有礼。主则择之。<small>鲁羽父引周谚。</small>

心苟无瑕。何恤乎无家。<small>晋士芮引谚。</small>

畏首畏尾。身其余几。<small>郑子家引古言。</small>

虽鞭之长。不及马腹。<small>晋伯宗引古语。</small>

国 语

兽恶其网。民怨其上。<small>单襄公引谚。</small>

众心成城。众口铄金。<small>州鸠对周景王引谚。</small>

从善如登。从恶如崩。<small>卫彪傒引谚。</small>

孔子家语

相马以舆。相士以居。<small>英雄短气。</small>

列 子

生相怜。死相捐。<small>杨朱篇引谚。</small>

人不婚宦。情欲失半。人不衣食。君臣道息。<small>古语。</small>

韩非子

奔音偾。车之上无仲尼。覆舟之下无伯夷。

慎　子

不聪不明。不能为王。不瞽不聋。不能为公。要知聪明聋瞽。并行不悖。冕而前旒。黈纩塞耳。亦不专主聪明也。

鲁连子

心诚怜。白发玄。情不怡。艳色媸。

战国策

宁为鸡口。无为牛后。苏秦为赵合从说韩曰。闻之鄙语云云。一云。鸡尸牛从。尸，主也。从，牛子也。

削株掘根。无与祸邻。祸乃不存。张仪说秦。臣闻之云云。

史　记

下俱汉以后矣。因众人称引。按之时代。未能皆有所属。故亦入古逸中。

蓬生麻中。不扶自直。白沙在泥。与之皆黑。与芝兰鲍鱼同意。当断不断。反受其乱。黄歇传赞引语。

长袖善舞。多钱善贾。蔡泽传。太史公引韩非语。

农不如工。工不如商。刺绣文。不如倚市门。货殖传。

汉　书

狡兔死。走狗烹。飞鸟尽。良弓藏。敌国破。谋臣亡。韩信传。

不习为吏。视已成事。贾谊引鄙谚。

水至清则无鱼。人至察则无徒。东方朔客难。

千人所指。无病而死。王嘉上封事谏成帝益封董贤。引里谚云。比高明之家。鬼瞰其室。及美服患人指等语。更为可危可惧。一能胜予。况千人乎。

列女传引古语

力田不如遇丰年。力桑不如见国卿。刺绣文不如倚市门。

说　苑

绵绵之葛。在于旷野。良工得之。以为绤绤。良工不得。枯死于野。

刘向别录引古语

唇亡而齿寒。河水崩其坏在山。

新　序

蠹喙仆柱梁。蚊芒走牛羊。

风俗通

狐欲渡河。无奈尾何。小狐胜济。濡其尾。更为古奥。
妇死腹悲。惟身知之。
县宫漫漫。怨死者半。
金不可作。音做。世不可度。点破秦皇汉武。

桓子新论引谚

人闻长安乐。则出门而西向笑。知肉味美。则对屠门而
大嚼。

牟子引古谚

东汉牟融。

少所见。多所怪。见橐驼言马肿背。谑语使读者失笑。

易纬引古诗

一夫两心。拔剌不深。可反证同心断金。
踶马破车。恶妇破家。

四民月令引农语

东汉崔实撰。

三月昏。参星夕。杏花盛。桑叶白。
河射角。堪夜作。犁星没。水生骨。

月令注引里语

蜻蛉鸣。衣裘成。蟋蟀鸣。懒妇惊。

水经注引谚

射的白。斛米百。射的玄。斛米千。射的，山名。远望状若射侯。土人以验年之登否。

山经引相冢书

山川而能语。葬师食无所。肺腑而能语。医师色如土。

文选注引古谚

越阡度陌。互为主客。

魏志王昶引谚

救寒无若重裘。止谤莫若自修。

梁　史

屋漏在上。知之在下。

史照通鉴疏引谚

足寒伤心。民怨伤国。

古谚古语

触露不掐葵。日中不翦韭。

将飞者翼伏。将奋者足踒。将噬者爪缩。将文者且朴。

上求材。臣残木。上求鱼。臣干谷。上可以多求乎。造句简古。

无乡之社。易为黍肉。无国之稷。易为求福。

古诗源卷二

汉　诗

高　帝

大风歌

史记。高祖既定天下。还过沛。留置酒沛宫。悉召
故人父老子弟佐酒。发沛中儿。得百二十人。教之歌。
酒酣。上击筑自歌曰。

大风起兮云飞扬。威加海内兮归故乡。安得猛士兮守四方。
上言扫除群雄。未言守成也。时帝春秋高。韩彭已诛。而孝惠仁弱。人心未
定。思猛士其有悔心乎。

鸿鹄歌

史记。高帝欲立戚夫人子赵王如意。后不果。戚夫
人涕泣。帝曰。为我楚舞。我为若楚歌。其旨言太子得
四皓为辅。羽翼成就。不可易也。

鸿鹄高飞。一举千里。羽翼已就。横绝四海。横绝四海。又可奈何。虽有缯缴。将安所施。

项 羽

垓下歌

史记。汉围项羽垓下。夜闻汉军皆楚歌。惊曰。汉皆已得楚乎。起饮帐中。有美人虞常从。骏马名骓常骑之。乃悲歌慷慨。歌数阕。美人和之。

力拔山兮气盖世。时不利兮骓不逝。骓不逝兮可奈何。虞兮虞兮奈若何。可奈何。奈若何。呜咽缠绵。从古真英雄必非无情者。虞姬和歌竟似唐绝句矣。故不录。

唐山夫人

高帝姬。韦昭曰。唐山。姓也。

安世房中歌

汉书礼乐志曰。汉房中祠乐。高祖唐山夫人所作也。

大孝备矣。休德昭明。高张四县。同悬。乐充宫庭。芬树羽林。云景杳冥。金支秀华。庶旄翠旌。末四句幽光灵响。不专以典重见长。

七始华始。肃倡和声。神来晏娭。同嬉。庶几是听。嘒音竹。嘒音送。细齐人情。忽乘青玄。熙事备成。清思眑音有。眑。经纬冥冥。嘒嘒。二语写乐音深静。可补乐记所缺。

我定历数。人告其心。敕身齐戒。施教申申。乃立祖庙。敬明尊亲。大矣教熙。四极爱辏。

王侯秉德。其邻翼翼。显明昭式。清明鬯矣。皇帝孝德。竟全大功。抚安四极。

海内有奸。纷乱东北。诏抚成师。武臣承德。行乐交逆。箫勺群慝。肃为济哉。盖定燕国。

大海荡荡水所归。高贤愉愉民所怀。太山崔。百卉殖。民何贵。贵有德。以下忽焉变调。或急或緩。各极音节之妙。

安其所。乐终产。乐终产。世继绪。飞龙秋。游上天。高贤愉。乐民人。

丰草葽。女萝施。善何如。谁能回。大莫大。成教德。长莫长。被无极。此章忽用比兴。

雷震震。电耀耀。明德乡。治本约。治本约。泽弘大。加被宠。咸相保。施德大。世曼寿。

都荔遂芳。窅窊桂华。孝奏天仪。若日月光。乘玄四龙。回驰北行。羽旄殷盛。芬哉芒芒。孝道随世。我署文章。孝道随世。中庸所云达孝也。

冯冯翼翼。承天之则。吾易久远。烛明四极。慈惠所爱。美若休德。杳杳冥冥。克绰永福。

磑音位。磑即即。师象山则。呜呼孝哉。案抚戎国。蛮夷竭欢。象来致福。兼临是爱。终无兵革。礼乐志曰。磑磑。崇积也。即即。充实也。

41

嘉荐芳矣。告灵飨矣。告灵既飨。德音孔臧。惟德之臧。建侯之常。承保天休。令问不忘。

皇皇鸿明。荡侯休德。嘉承天和。伊乐厥福。在乐不荒。惟民之则。浚则师德。下民咸殖。令问在旧。孔容翼翼。规语得体。

孔容之常。承帝之明。下民之乐。子孙保光。承顺温良。受帝之光。嘉荐令芳。寿考不忘。承帝明德。师象山则。云施称民。永受厥福。承容之常。承帝之明。下民安乐。受福无疆。郊庙歌近颂。房中歌近雅。古奥中带和平之音。不肤不庸。有典有则。是西京极大文字。首言大孝备矣。以下反反覆覆。屡称孝德。汉朝数百年家法。自此开出。累代庙号。首冠以孝。有以也。

朱虚侯章

耕田歌

史记。诸吕擅权。章忿刘氏不得职。尝入侍宴。太后令为酒吏。章曰。臣将种也。请以军法行酒。太后曰。可。酒酣。章乃作耕田歌。顷之。诸吕有一人醉亡酒。章追拔剑斩之。太后大惊。业已许其军法。无以罪也。

深耕溉种。立苗欲疏。非其种者。锄而去之。

紫芝歌

古今乐录。四皓隐于商山作歌。

莫莫高山。深谷逶迤。晔晔紫芝。可以疗饥。唐虞世远。吾将何归。驷马高盖。其忧甚大。富贵之畏人兮。不若贫贱之肆志。

武　帝

瓠子歌二首

史记。元封二年。帝既封禅。乃发卒万人。塞瓠子决河。还自临祭。令群臣从官皆负薪。时东郡烧草薪少。乃下淇园之竹以为楗。上既临河决。悼其功之不就。为作歌二章。于是卒塞瓠子。筑宫名曰宣房。

瓠子决兮将奈何。浩浩洋洋兮虑殚为河。殚为河兮地不得宁。功无已时兮吾^{音鱼}山平。吾山平兮钜野溢。鱼弗郁兮柏^同迫^迫冬日。正道驰兮离常流。蛟龙骋兮放远游。归旧川兮神哉沛。不封禅兮安知外。为我谓河伯兮何不仁。泛滥不止兮愁吾人。啮桑浮兮淮泗满。久不返兮水维缓。^{啮桑。县名。}

河汤汤兮激潺湲。北渡回兮迅流难。搴长筊兮湛^{音沈}美玉。河伯许兮薪不属。薪不属兮卫人罪。烧萧条兮噫乎何以御水。隤林竹兮楗石菑。宣防塞兮万福来。^{好大喜功之举。不无畏天忧世之心。}^{文章古奥。自是西京气象。}

秋风辞

汉武帝故事。帝行幸河东。祠后土。顾视帝京。忻然中流。与群臣饮宴。自作秋风词。

秋风起兮白云飞。草木黄落兮雁南归。兰有秀兮菊有芳。怀佳人兮不能忘。泛楼船兮济汾河。横中流兮扬素波。箫鼓鸣兮发棹歌。欢乐极兮哀情多。少壮几时兮奈老何。 离骚遗响。文中子谓乐极哀来。其悔心之萌乎。

李夫人歌

汉书外戚传。夫人早卒。方士齐少翁言能致其神。乃夜张灯烛。设帷帐。令帝居帐中。遥望见好女和李夫人之貌。不得就视。帝愈悲感。为作诗。

是耶非耶。立而望之。翩何姗姗其来迟。

柏梁诗

元封三年。作柏梁台。诏群臣二千石。有能为七言诗乃得上坐。

日月星辰和四时。帝。骖驾驷马从梁来。梁孝王武。郡国士马羽林材。大司马。总领天下诚难治。丞相石庆。和抚四夷不易哉。大将军卫青。刀笔之吏臣执之。御史大夫倪宽。撞钟伐鼓声中诗。太常周建德。宗室黄大日益滋。宗正刘安国。周卫交戟禁不时。卫尉路博德。总领从宗柏梁台。光禄勋徐自为。平理清谳决嫌疑。廷尉杜周。修饰舆马待驾来。太仆公孙贺。郡国吏功差次之。大鸿胪壶充国。乘舆御物主治之。少府王温舒。陈粟万石扬以箕。大司农张成。徼道宫下随讨治。执金吾中尉豹。三辅盗贼天下危。左冯翊盛宣。盗阻南山为民灾。右扶风李成信。外家公主不可治。京兆尹。椒房率更领其材。詹事陈掌。蛮夷朝贺常舍其。典属国。柱枅欂栌相枝持。大匠。枇杷橘栗桃李梅。大官令。走狗逐兔张罘罳。上林令。啗妃女唇甘如饴。郭舍人。迫窘诘屈几穷哉。东方朔。此七言古权舆。亦后人联句之祖也。武帝句。帝王气象。以下难追后尘矣。存之以备一体。篇中三之字。三治字。二哉字。二时字。二材字。古人作诗。不忌重复。且如三百篇株林一诗。四句中连用二林字。二南字;采薇首章连用狒狁之故句。此类不可胜数。三秦记谓柏梁台诗是元封三年作。然梁孝王薨于孝景之世。又光禄勋、大鸿胪、大司农、执金吾、京兆尹、左冯翊、右扶风。皆武帝太初元年所更名。不应预书于元封之时。其为后人拟作无疑也。不然。大君之前。郭舍人敢狂荡无礼。而东方朔以滑稽语为戏耶。

落叶哀蝉曲

王子年拾遗记。汉武帝思李夫人。不可复得。时穿昆灵之池。泛翔禽之舟。帝自造歌曲。使女伶歌之。时日已西颓。凉风激水。女伶歌声甚道。因赋落叶哀蝉曲。

罗袂兮无声。玉墀兮尘生。虚房冷而寂寞。落叶依于重扃。望彼美之女兮。安得感余心之未宁。

蒲梢天马歌

史记。武帝伐大宛。得千里马名蒲梢。作此歌。

天马徕古来字。兮从西极。经万里兮归有德。承灵威兮降外国。涉流沙兮四夷服。

韦 孟

讽谏诗

汉书。孟为元王傅。傅子夷王及孙王戊。戊荒淫不遵道。作诗讽谏曰。

肃肃我祖。国自豕韦。黼衣朱黻。四牡龙旂。彤弓斯征。抚宁遐荒。总齐群邦。以翼大商。迭彼大彭。勋绩维光。至于有周。历世会同。王赧听谮。实绝我邦。我邦既绝。厥政斯逸。赏罚之行。非由王室。庶尹群后。靡扶靡卫。五服崩离。宗周以坠。我祖斯微。迁于彭城。在予小子。勤唉音移。厥生。厄此嫚秦。耒耜斯耕。悠悠嫚秦。上天不宁。乃眷南顾。授汉于京。于赫有汉。四方是征。靡适不怀。万国攸平。乃命厥弟。建侯于楚。俾我小臣。惟傅是辅。矜矜元王。恭俭静一。惠此黎民。纳彼辅弼。享国渐世。垂烈于后。迁及夷王。克奉厥绪。咨命不永。惟王统祀。左右陪臣。斯惟皇士。如何我王。不思守保。不惟履冰。以继祖考。邦事是废。逸游是娱。犬马悠悠。是放是驱。务此鸟兽。忽此稼苗。蒸民以匮。我王以媮。音愉。所弘匪德。所亲匪俊。惟囿是恢。惟谀是信。瞻瞻以朱切。诒夫。谔谔黄发。如何我王。曾不是察。既藐下臣。追欲纵逸。嫚彼显祖。轻此削黜。嗟嗟我王。汉之睦亲。曾不夙夜。以休令闻。穆穆天子。照临下土。明明群司。执宪靡顾。正谊由近。殆其兹怙。嗟嗟我王。曷不斯思。匪思匪监。嗣其罔则。弥弥其逸。岌岌其国。致冰匪霜。致坠匪嫚。瞻惟我王。时靡不练。兴国救颠。孰违悔过。追思黄发。秦穆以霸。岁月其徂。年其逮耇。于赫君子。庶显于后。我王如何。曾不斯览。黄发不近。胡不时鉴。逮彼大彭。逮，及也。言与大彭互为伯于商也。唉，叹声。渐世，没世也。惟王统祀以上。历叙废兴。即寓讽谏之意。瞵瞵，目媚貌。穆穆天子六句。言天子之明。群臣之执法。欲正远人。先从近始。而王怙恃不悛。危殆无日矣。致冰匪霜二句。言致冰岂非由霜乎。致坠岂非由嫚乎。瞻惟我王下。望其改过之词。练，习也。言王于上之所言。无不练习也。肃肃穆穆。汉诗中有此拙重之作。去变雅未远。后张华二陆潘岳辈四言。恢恢欲息矣。故悉汰之。

东方朔

诫子诗

汉书取前十句为东方赞。

明者处世。莫尚于中。优哉游哉。于道相从。首阳为拙。柳下为工。饱食安步。以仕代农。依隐玩世。诡时不逢。才尽身危。好名得华。有群累生。孤贵失和。遗余不匮。自尽无多。圣人之道。一龙一蛇。形见神藏。与物变化。随时之宜。无有常家。言有群孤贵皆失。以其有常家也。东方先生一生得力。尽在乎此。

乌孙公主

悲愁歌

汉书西域传。元封中。遣江都王建女细君为公主。

以妻乌孙昆莫。昆莫年老。言语不通。公主悲。乃自
作歌。

吾家嫁我兮天一方。远托异国兮乌孙王。穹庐为室兮毡为
墙。以肉为食兮酪为浆。常思汉土兮心内伤。愿为黄鹄兮还
故乡。

司马相如

封禅颂

史记。长卿病甚。武帝使所忠往求其书。及至。已
卒。其妻曰。长卿未死时为一卷书。曰。有使来求书奏
之。其遗札言封禅事。所忠奏焉。

自我天覆。云之油油。甘露时雨。厥壤可游。滋液渗漉。何
生不育。嘉谷六穗。我穑曷蓄。非惟雨之。又润泽之。非惟遍
之。我汜布濩之。万物熙熙。怀而慕思。名山显位。望君之来。
君乎君乎。侯不迈哉。般般之兽。乐我君圃。白质黑章。其仪可
嘉。旼旼穆穆。君子之能。乃平声。盖闻其声。今观其来。厥涂靡
踪。天瑞之征。兹亦于舜。虞氏以兴。濯濯之麟。游彼灵畤。孟
冬十月。君徂郊祀。驰我君舆。帝有享祉。三代之前。盖未尝
有。宛宛黄龙。兴德而升。采色炫耀。熿炳辉煌。正阳显见。觉
悟黎蒸。于传载之。云受命所乘。厥之有章。不必谆谆。依类托
寓。谕以封峦。非惟雨之四语。盖闻其声。二语悠扬生动。不专以古拙胜
也。后述祥瑞三段。井井有法。

卓文君

白头吟

西京杂记。相如将聘茂陵女为妾。文君作白头吟以
自绝。相如乃止。

皑如山上雪。皎若云间月。闻君有两意。故来相决绝。今日
斗酒会。明旦沟水头。躞蹀御沟上。沟水东西流。凄凄复凄凄。
嫁娶不须啼。愿得一心人。白头不相离。竹竿何袅袅。鱼尾何篸
簁。男儿重意气。何用钱刀为。

苏　武

苏李诗一唱三叹。感寤具存。无急言诮论。而意自
长、言自远也。故知庞言繁称。道所不贵。

诗四首

首章别兄弟。次章别妻。三四章别友。非皆别李陵
也。钟竟陵俱解作别陵。未必然。

骨肉缘枝叶。结交亦相因。四海皆兄弟。谁为行路人。况我
连枝树。与子同一身。昔为鸳与鸯。今为参与辰。昔者长相近。

邈若胡与秦。惟念当离别。恩情日以新。鹿鸣思野草。可以喻嘉宾。我有一樽酒。欲以赠远人。愿子留斟酌。叙此平生亲。卢子谅云。恩由契阔中。义随周旋积。夺胎于恩情日以新句。而此殊浑然。两人字复韵。

结发为夫妻。恩爱两不疑。欢娱在今夕。燕婉及良时。征夫怀远路。起视夜何其。参辰皆已没。去去从此辞。行役在战场。相见未有期。握手一长叹。泪为生别滋。努力爱春华。莫忘欢乐时。生当复来归。死当长相思。两时字复韵。

黄鹄一远别。千里顾徘徊。胡马失其群。思心常依依。何况双飞龙。羽翼临当乖。幸有弦歌曲。可以喻中怀。请为游子吟。泠泠一何悲。丝竹厉清声。慷慨有余哀。长歌正激烈。中心怆以摧。欲展清商曲。念子不能归。俯仰内伤心。泪下不可挥。愿为双黄鹄。送子俱远飞。

烛烛晨明月。馥馥秋兰芳。芬馨良夜发。随风闻我堂。征夫怀远路。游子恋故乡。寒冬十二月。晨起践严霜。俯观江汉流。仰视浮云翔。良友远别离。各在天一方。山海隔中州。相去悠且长。嘉会难再遇。欢乐殊未央。愿君崇令德。随时爱景光。写情款款。淡而弥悲。连上首应是赠李作。

李　陵

与苏武诗三首

良时不再至。离别在须臾。屏营衢路侧。执手野踟蹰。仰视浮云驰。奄忽互相逾。风波一失所。各在天一隅。长当从此别。且复立斯须。欲因晨风发。送子以贱躯。一片化机。不关人力。此五言诗之祖也。音极和。调极谐。字极稳。然自是汉人古诗。后人慕仿不得。所以为至。唐人句云。孤云与飞鸟。相失片时间。推为名句。读奄忽互相逾句。高下何止倍蓰耶。

嘉会难再遇。三载为千秋。临河濯长缨。念子怅悠悠。远望悲风至。对酒不能酬。行人怀往路。何以慰我愁。独有盈觞酒。与子结绸缪。

携手上河梁。游子暮何之。徘徊蹊路侧。恨音亮。恨不得辞。行人难久留。各言长相思。安知非日月。弦望自有时。努力崇明德。皓首以为期。*此别永无会期矣。却云弦望有时。缠绵温厚之情也。努力崇明德。正与愿君崇令德二语相答。*

别　歌

汉书。昭帝即位。匈奴与汉和亲。汉使求苏武等。单于许武还。李陵置酒贺武。因起舞而歌。泣下数行。遂与武诀。

径万里兮度沙漠。为君将兮奋匈奴。路穷兮绝矢刃摧。士众灭兮名已隤。老母已死。虽欲报恩将安归。

李延年

歌一首

汉书。李延年性知音律。善歌舞。武帝爱之。延年起舞而歌云云。上叹息曰。世岂有此人乎。平阳主因言延年有女弟。上召见之。妙丽善舞。由是得幸。

北方有佳人。绝世而独立。一顾倾人城。再顾倾人国。宁不知倾城与倾国。佳人难再得。<small>欲进女弟。而先为此歌。倡优下贱之技也。然写情自深。古来破家亡国。何必皆庸愚主耶。</small>

燕刺王旦

<small>汉书。旦自以武帝子。且长。不得立。乃与姊盖长公主、左将军上官桀交通。谋废立。事觉。昭帝使使者赐玺书。王以绶自绞。夫人随旦自杀者二十余人。</small>

歌

归空城兮。狗不吠。鸡不鸣。横术何广广兮。固知国中之无人。

华容夫人

歌

发纷纷兮真渠。骨籍籍兮亡居。母求死子兮妻求死夫。裴回两渠间兮君子将安居。<small>杜少陵鬼妾鬼马等语。似从此种化出。</small>

昭　帝

淋池歌

拾遗记。时穿淋池。中植芰荷。帝时命水嬉。毕景忘归。使宫人歌曰。

秋素景兮泛洪波。挥纤手兮折芰荷。凉风凄凄扬棹歌。云光开曙月低河。万岁为乐岂云多。月低河句。已开六朝风气。

杨　恽

拊缶歌

详见汉书恽答孙会宗书。

田彼南山。芜秽不治。种一顷豆。落而为萁。人生行乐耳。须富贵何时。以力田之无年。比仕宦之失志。未尝斥朝廷也。然竟缘此得祸。哀哉。

王昭君

怨　诗

此将入匈奴时所作。

秋木萋萋。其叶萎黄。有鸟处山。集于苞桑。养育毛羽。形容生光。既得升云。上游曲房。离宫绝旷。身体摧藏。志念抑沉。不得颉颃。虽得委食。心有徊徨。我独伊何。来往变常。翩翩之燕。远集西羌。高山峨峨。河水泱泱。父兮母兮。道里悠长。呜呼哀哉。忧心恻伤。若明诉入胡之苦。不特说不尽。说出亦浅也。呼父呼母。声泪俱绝。下视石季伦拟作。琐屑不足道矣。

班婕妤

怨歌行

婕妤初为孝成所宠。其后赵氏日盛。婕妤恐久见危。求供养太后长信宫。作纨扇诗以自悼焉。

新裂齐纨素。皎洁如霜雪。裁成合欢扇。团团似明月。出入君怀袖。动摇微风发。常恐秋节至。凉飙夺炎热。弃捐箧笥中。恩情中道绝。用意微婉。音韵和平。绿衣诸什。此其嗣响。

赵飞燕

归风送远操

西京杂记。赵后有宝琴名凤凰。亦善为归风送远操。

凉风起兮天陨霜。怀君子兮渺难望。感予心兮多慨慷。

梁　鸿

五噫歌

后汉书。鸿东出关。过京师。作五噫之歌。肃宗闻而悲之。求鸿不得。

陟彼北芒兮。噫。顾瞻帝京兮。噫。宫阙崔巍兮。噫。民之劬劳兮。噫。辽辽未央兮。噫。

马　援

武溪深行

崔豹古今注。武溪深。马援南征时作。门生爰寄生善笛。援作歌以和之。

滔滔武溪一何深。鸟飞不度。兽不敢临。嗟哉武溪多毒淫。

班　固

宝鼎诗

东都赋诗之一。

岳修贡兮川效珍。吐金景兮歊浮云。宝鼎见兮色纷缊。焕其炳兮被龙文。登祖庙兮享圣神。昭灵德兮弥亿年。

张　衡

四愁诗

张衡不乐久处机密。阳嘉中。出为河间相。时国王骄奢。不遵法度。又多豪右并廉之家。衡下车。治威严。能内察属县。奸猾行巧劫。皆密知名。下吏收捕。尽服擒。诸豪侠游客。悉惶惧逃出境。郡中大治。争讼息。狱无系囚。时天下渐弊。郁郁不得志。为四愁诗。屈原以美人为君子。以珍宝为仁义。以水深雪雾为小人。思以道术相报。贻于时君。而惧谗邪不得以通。其辞曰。

我所思兮在太山。欲往从之梁父艰。侧身东望涕沾翰。美人赠我金错刀。何以报之英琼瑶。路远莫致倚逍遥。何为怀忧心烦劳。

我所思兮在桂林。欲往从之湘水深。侧身南望涕沾襟。美人赠我金琅玕。何以报之双玉盘。路远莫致倚惆怅。何为怀忧心烦伤。

我所思兮在汉阳。欲往从之陇阪长。侧身西望涕沾裳。美人赠我貂襜褕。何为报之明月珠。路远莫致倚踟蹰。何为怀忧心烦纡。

我所思兮在雁门。欲往从之雪纷纷。侧身北望涕沾巾。美人赠我锦绣段。何以报之青玉案。路远莫致倚增叹。何为怀忧心烦恍。心烦纡郁。低徊情深。风骚之变格也。少陵七歌原于此。而不袭其迹。最善夺胎。五噫四愁。如何拟得。后人拟者。画西施之貌耳。

李 尤

九曲歌

年岁晚暮时已斜。安得力士翻日车。阙。

古诗源卷三

汉　诗

蔡　邕

樊惠渠歌 并序

阳陵县东。其地衍隩。土气辛螫。嘉谷不殖。而泾水长流。光和五年。京兆尹樊君勤恤民隐。乃立新渠。曩之卤田。化为甘壤。农民怡悦。相与讴谈疆畔。斐然成章。谓之樊惠渠云。其歌曰。

我有长流。莫或阏之。我有沟浍。莫或达之。田畴斥卤。莫修莫厘。饥馑困悴。莫恤莫思。乃有樊君。作人父母。立我畎亩。黄潦膏凝。多稼茂止。惠乃无疆。如何勿喜。我壤既营。我疆斯成。泯泯我人。既富且盈。为酒为酿。蒸彼祖灵。贻福惠君。寿考且宁。

饮马长城窟行

亦作古辞。

青青河边草。绵绵思远道。远道不可思。宿昔梦见之。梦见

61

在我傍。忽觉音教。在他乡。他乡各异县。展转不可见。枯桑知天风。海水知天寒。入门各自媚。谁肯相为言。客从远方来。遗我双鲤鱼。呼儿烹鲤鱼。中有尺素书。长跪读素书。书中竟何如。上有加餐食。下有长相忆。通首皆思妇之词。缠绵宛折。篇法极妙。宿昔、凤夜也。列子周穆王篇。周之尹氏。大治产。有老役夫昔昔梦为国君。尹氏昔昔梦为人仆。前面一路换韵。联折而下。节拍甚急。枯桑二句。忽用排偶承接。急者缓之。最是古人神妙处。

翠　鸟

庭陬有若榴。绿叶含丹荣。翠鸟时来集。振翼修容形。回顾生碧色。动摇扬缥青。幸脱虞人机。得亲君子庭。驯心托君素。雌雄保百龄。

琴　歌

练余心兮浸太清。涤秽浊兮存正灵。和液畅兮神气宁。情志泊兮心亭亭。嗜欲息兮无由生。踔宇宙而遗俗兮。眇翩翩而独征。琴理之最深者。唐人王昌龄、李颀时亦得之。

秦　嘉

留郡赠妇诗

嘉为郡上掾。其妻徐淑。寝疾还家。不获面别。赠诗云尔。

人生譬朝露。居世多屯蹇。忧艰常早至。欢会常苦晚。念当奉时役。去尔日遥远。遣车迎子还。空往复空返。省书情凄怆。临食不能饭。独坐空房中。谁与相劝勉。长夜不能眠。伏枕独展转。忧来如循环。匪席不可卷。

　　皇灵无私亲。为善荷天禄。伤我与尔身。少小罹茕独。既得结大义。欢乐苦不足。念当远别离。思念叙款曲。河广无舟梁。道近隔丘陆。临路怀惆怅。中驾正踯躅。浮云起高山。悲风激深谷。良马不回鞍。轻车不转毂。针药可屡进。愁思难为数。贞士笃终始。恩义不可属。

　　肃肃仆夫征。锵锵扬和铃。清晨当引迈。束带待鸡鸣。顾看空房中。仿佛想姿形。一别怀万恨。起坐为不宁。何用叙我心。遗思致款诚。宝钗好耀首。明镜可鉴形。芳香去垢秽。素琴有清声。诗人感木瓜。乃欲答瑶琼。愧彼赠我厚。惭此往物轻。虽知未足报。贵用叙我情。末章韵脚复形字。词气和易。感人自深。然去西汉浑厚之风远矣。

孔　融

杂　诗

　　远送新行客。岁暮乃来归。入门望爱子。妻妾向人悲。闻子不可见。日已潜光辉。孤坟在西北。常念君来迟。褰裳上墟丘。但见蒿与薇。白骨归黄泉。肌体乘尘飞。生时不识父。死后知我谁。孤魂游穷暮。飘飘安所依。人生图嗣古嗣字。息。尔死我念追。俯仰内伤心。不觉泪沾衣。人生自有命。但恨生日希。少陵奉先咏怀。有入门闻号咷。幼子饥已卒句。觉此更深可哀。

辛延年

羽林郎

　　昔有霍家奴。姓冯名子都。依倚将军势。调笑酒家胡。胡姬年十五。春日独当垆。长裾连理带。广袖合欢襦。头上蓝田玉。耳后大秦珠。两鬟何窈窕。一世良所无。一鬟五百万。两鬟千万余。不意金吾子。娉婷过我庐。银鞍何煜爚。翠盖空踟蹰。就我求清酒。丝绳提玉壶。就我求珍肴。金盘脍鲤鱼。贻我青铜镜。结我红罗裾。不惜红罗裂。何论轻贱躯。男儿爱后妇。女子重前夫。人生有新故。贵贱不相逾。多谢金吾子。私爱徒区区。骈丽之词。归宿却极贞正。风之变而不失其正者也。一鬟五百万二句。须知不是论鬟。

宋子侯

董娇娆

　　洛阳城东路。桃李生路傍。花花自相对。叶叶自相当。春风东北起。花叶正低昂。不知谁家子。提笼行采桑。纤手折其枝。花落何飘扬。请谢彼姝子。何为见损伤。高秋八九月。白露变为霜。终年会飘堕。安得久馨香。秋时自零落。春月复芬芳。何时盛年去。欢爱永相忘。吾欲竟此曲。此曲愁人肠。归来酌美酒。挟瑟上高堂。大意以花落比盛年之易逝也。婀娜其姿。无穷摇曳。方舟汉诗说云。请谢彼妹子二句。是问词。高秋八九月四句。是妹子答词。秋时自零落四句。又是答妹子之词。正意全在吾欲竟此曲四句。见欢日无多。劝之及时行乐尔。

苏伯玉妻

盘中诗

　　山树高。鸟鸣悲。泉水深。鲤鱼肥。空仓雀。常苦饥。吏人妇。会夫希。出门望，见白衣。谓当是。而更非。还入门。中心悲。北上堂。西入阶。急机绞。杼声催。长叹息。当语谁。君有行。妾念之。出有日。还无期。结巾带。长相思。君忘妾。未知之。妾忘君。罪当治。妾有行。宜知之。黄者金。白者玉。高者山。下者谷。姓者苏。字伯玉。人才多。知谋足。家居长安身在蜀。何惜马蹄归不数。羊肉千斤酒百斛。令君马肥麦与粟。今时人。知四足。与其书。不能读。当从中央周四角。使伯玉感悔。全在柔婉。不在怨怒。此深于情。君有行、征行也。平声。妾有行、行谊也。去声。似歌谣。似乐府。杂乱成文。而用意忠厚。千秋绝调。

窦玄妻

古怨歌

　　玄状貌绝异。天子使出其妻。妻以公主。妻悲怨。寄书及歌与玄。时人怜之。

茕茕白兔。东走西顾。衣不如新。人不如故。

蔡 琰

悲愤诗

后汉书。琰归董祀后。感伤乱离。追怀悲愤。作诗。

汉季失权柄。董卓乱天常。志欲图篡弑。先害诸贤良。逼迫迁旧邦。拥王以自强。海内兴义师。欲共讨不祥。卓众来东下。金甲耀日光。平土人脆弱。来兵皆胡羌。猎野围城邑。所向悉破亡。斩截无孑遗。尸骸相撑拒。马边悬男头。马后载妇女。长驱西入关。迥路险且阻。还顾邈冥冥。肝脾为烂腐。所略有万计。不得令屯聚。或有骨肉俱。欲言不敢语。失意几微间。辄言毙降虏。要当以亭刃。我曹不活汝。岂敢惜性命。不堪其詈骂。或便加棰杖。毒痛参并下。且则号泣行。夜则悲吟坐。欲死不能得。欲生无一可。彼苍者何辜。乃遭此厄祸。边荒举华异。人俗少义理。处所多霜雪。胡风春夏起。翩翩吹我衣。肃肃入我耳。感时念父母。哀叹无终已。有客从外来。闻之常欢喜。迎问其消息。辄复非乡里。邂逅徼时愿。骨肉来迎己。己得自解免。当复弃儿子。天属缀人心。念别无会期。存亡永乖隔。不忍与之辞。儿前抱我颈。问母欲何之。人言母当去。岂复有还时。阿母常仁恻。今何更不慈。我尚未成人。奈何不顾思。见此崩五内。恍惚生狂痴。号呼手抚摩。当发复回疑。兼有同时辈。相送告别离。慕我独得归。哀叫声摧裂。马为立踟蹰。车为不转辙。观者皆歔欷。行路亦呜咽。去去割情恋。遄征日遐迈。悠悠三千里。何时复交会。念我出腹子。胸臆为摧败。既至家人尽。又复无中外。城郭为山林。庭宇生荆艾。白骨不知谁。从横莫覆盖。出门无人声。豺狼嗥且吠。茕茕对孤景。怛咤糜肝肺。登高远眺望。魂神忽飞逝。奄若寿命尽。傍人相宽大。为复强视息。虽生何聊赖。托命于新人。竭心自勖励。流离成鄙贱。常恐复捐废。人生几何时。怀忧终年岁。段落分明。而灭去脱卸转接痕迹。若断若续。不碎不乱。少陵奉先咏怀北征等作。往往似之。激昂酸楚。读去如惊蓬坐振。沙砾自飞。在东汉人中。力量最大。使人忘其失节。而只觉可怜。由情真。亦由情深也。世所传十八拍。时多率句。应属后人拟作。

诸葛亮

梁甫吟

三国志曰。诸葛亮躬耕陇亩。好为梁父吟。

步出齐城门。遥望荡阴里。里中有三坟。累累正相似。问是谁家墓。田疆古冶子。力能排南山。文能绝地纪。一朝被谗言。二桃杀三士。谁能为此谋。国相齐晏子。武侯好吟梁父。非必但指此章。或篇帙散落。惟此流传耳。韵用二子字。

乐府歌辞

练时日

以下七章皆郊祀歌。

练时日。候有望。炳臂萧。延四方。九重开。灵之斿。垂惠恩。鸿祜休。灵之车。结玄云。驾飞龙。羽旄纷。灵之下。若风马。左苍龙。右白虎。灵之来。神哉沛。先以雨。般音班。裔裔。灵之至。庆阴阴。相放佛。同仿佛。震淡心。灵已坐。五音饬。虞至旦。承灵亿。牲茧栗。粢盛香。尊桂酒。宾八乡。灵安留。吟青黄。遍观此。眺瑶堂。众嫭并。绰奇丽。颜如荼。兆逐靡。被华文。厕雾縠。曳阿锡。佩珠玉。侠嘉夜。荌兰芳。淡容与。献嘉觞。古色奇响。幽气灵光。奕奕纸上。屈子九歌后。另开面目。灵之斿以下。铺排六段。而变幻错综。不板不实。备极飞扬生动。众嫭四句。写美人之多。秾丽中则。招魂之遗也。此章总叙。下为分献之词。

青　阳

青阳开动。根荄以遂。膏润并爱。跂行毕遂。霆声发荣。垆处倾听。枯槁复产。乃成厥命。众庶熙熙。施及夭胎。群生噉徒感切。噉。惟春之祺。四章分祭四时之神。天气时物。无不毕达。直是胸有造化。噉噉，丰厚貌。

朱　明

朱明盛长。勇与万物。桐生茂豫。靡有所诎。敷华就实。既阜既昌。登成甫田。百鬼迪尝。广大建祀。肃雍不忘。神若宥之。传世无疆。

西　颢

西颢沆砀。秋气肃杀。含秀垂颖。续旧不废。叶发。奸伪不萌。妖孽伏息。隔辟越远。四貉咸服。既畏兹威。惟慕纯德。附而不骄。正心翊翊。<small>续旧不废。言肃杀中有生机也。</small>

玄 冥

玄冥凌阴。蛰虫盖藏。草木零落。抵冬降霜。易乱除邪。革正异俗。兆民反本。抱素怀朴。条理信义。望礼五岳。籍敛之时。掩收嘉谷。

惟泰元

惟泰元尊。媪神蕃釐。<small>音熙。</small>经纬天地。作成四时。精建日月。星辰度理。阴阳五行。周而复始。云风雷电。降甘露雨。百姓蕃滋。咸循厥绪。继统恭勤。顺皇之德。鸾路龙鳞。罔不肸饰。嘉笾列陈。庶几宴享。灭除凶灾。烈腾八荒。钟鼓笙竽。云舞翔翔。招摇灵旗。九夷宾将。<small>泰元、天也。媪神、地也。言天神至尊。地神多福。</small>

天 马

<small>汉书。元鼎四年秋。马生渥洼水中。作天马之歌。太初四年春。贰师将军李广利斩大宛王首。获汗血马。作西极天马之歌。</small>

太一况。<small>同贶。</small>天马下。沾赤汗。沫流赭。志俶傥。精权奇。筴<small>音业。</small>浮云。晻上驰。体容与。迣<small>即逝字。</small>万里。今安匹。龙为友。

天马徕。从西极。涉流沙。九夷服。天马徕。出泉水。虎脊
两。化若鬼。天马徕。历无皂。经千里。循东道。天马徕。执徐
时。将摇举。谁与期。天马徕。开远门。竦予身。逝昆仑。天马
徕。龙之媒。游阊阖。观玉台。历无皂，同草。言历不毛之地。而来
东道也。

战城南

以下四章铙歌。汉鼓吹铙歌十八曲。字多讹误。兹
录其可诵者。

战城南。死郭北。野死不葬乌可食。为我谓乌。且为客豪。
野死谅不葬。腐肉安能去子逃。水声激激。蒲苇冥冥。枭骑战斗
死。驽马裴徊鸣。梁筑室。何以南。何以北。禾黍不获君何食。
愿为忠臣安可得。思子良臣。良臣诚可思。朝行出攻。暮不夜
归。太白云。野战格斗死。败马嘶鸣向天悲。自是唐人语。读枭骑十字。何
等简劲。末段思良臣。怀颇牧之意也。

临高台

临高台以轩。下有清水清且寒。江有香草目以兰。黄鹄高飞
离哉翻。关弓射鹄。令吾主寿万年。收中吾。刘履曰。篇末收中吾
三字。其义未详。疑曲调之余声。如乐录所谓羊无夷、伊那何之类。

有所思

有所思。乃在大海南。何用问遗君。双珠玳瑁簪。用玉绍缭

70

之。闻君有他心。拉杂摧烧之。摧烧之。当风扬其灰。从今已往。勿复相思。相思与君绝。鸡鸣狗吠。兄嫂当知之。妃呼豨。秋风肃肃晨风飔。东方须臾高知之。怨而怒矣。然怒之切。正望之深。末段余情无尽。此亦人臣思君而托言者也。鸡鸣二句。即野有死麇章意。

上 邪

上邪。我欲与君相知。长命无绝衰。山无陵江水为竭。冬雷震震。夏雨雪。天地合。乃敢与君绝。山无陵。下共五事。重叠言之。而不见其排。何笔力之横也。

箜篌引

以下六章相和曲。

古今注。朝鲜津卒霍里子高。晨起刺船。有一白首狂夫。披发提壶。乱流而渡。其妻随而止之。不及。遂堕河而死。妻援箜篌而鼓之。作公无渡河之曲。声甚凄怆。曲终。亦投河而死。子高还。语其妻丽玉。丽玉伤之。乃引箜篌而写其声。名曰箜篌引。

公无渡河。公竟渡河。堕河而死。当奈公何。缠绵凄恻。黄牛峡谣。音节相似。

江 南

梁武帝作江南弄本此。

71

江南可采莲。莲叶何田田。鱼戏莲叶间。鱼戏莲叶东。鱼戏莲叶西。鱼戏莲叶南。鱼戏莲叶北。奇格。

薤露歌

古今注。薤露、蒿里。本出田横门人。横自杀。门人伤之。为作悲歌二章。孝武时。李延年分为二曲。薤露，送王公贵人。蒿里，送士大夫庶人。使挽柩者歌之。亦谓之挽歌。

薤上露。何易晞。露晞明朝更复落。人死一去何时归。

蒿里曲

蒿里谁家地。聚敛魂魄无贤愚。鬼伯一何相催促。人命不得少踟蹰。

鸡 鸣

此曲前后辞不相属。盖采诗入乐。合而成章。非有错简紊误也。后多仿此。

鸡鸣高树巅。狗吠深宫中。荡子何所之。天下方太平。刑法非有贷。柔协正乱名。黄金为君门。璧玉为轩堂。上有双樽酒。作使邯郸倡。刘王碧青甓。后出郭门王。舍后有方池。池中双鸳鸯。鸳鸯七十二。罗列自成行。鸣声何啾啾。闻我殿东厢。兄弟四五人。皆为侍中郎。五日一时来。观者满路傍。黄金络马头。

颎颎何煌煌。桃生露井上。李树生桃傍。虫来啮桃根。李树代桃僵。树木身相代。兄弟还相忘。

陌上桑

一曰艳歌罗敷行。

日出东南隅。照我秦氏楼。秦氏有好女。自名为罗敷。罗敷善蚕桑。采桑城南隅。青丝为笼系。桂枝为笼钩。头上倭堕髻。耳中明月珠。缃绮为下裙。紫绮为上襦。行者见罗敷。下担捋髭须。少年见罗敷。脱帽著帩头。耕者忘其犁。锄者忘其锄。来归相怨怒。但坐观罗敷。一解。使君从南来。五马立踟蹰。使君遣吏往。问是谁家姝。秦氏有好女。自名为罗敷。罗敷年几何。二十尚不足。十五颇有余。使君谢罗敷。宁可共载不。罗敷前置辞。使君一何愚。使君自有妇。罗敷自有夫。二解。东方千余骑。夫婿居上头。何用识夫婿。白马从骊驹。青丝系马尾。黄金络马头。腰中鹿卢剑。可直千万余。十五府小史。二十朝大夫。三十侍中郎。四十专城居。为人洁白皙。鬑鬑颇有须。盈盈公府步。冉冉府中趋。坐中数千人。皆言夫婿殊。三解。铺陈秾至。与辛延年羽林郎一副笔墨。此乐府体别于古诗者在此。但坐观罗敷。坐，缘也。归家怨怒室人。缘观罗敷之故也。谢使君四语。大义凛然。末段盛称夫婿。若有章法。若无章法。是古人入神处。篇中韵脚。三头字。二隅字。二余字。二夫字。二须字。

长歌行

连下章平调曲。古诗云。长歌正激烈。魏文燕歌行云。短歌微吟不能长。言声有长短也。

青青园中葵。朝露待日晞。阳春布德泽。万物生光辉。常恐秋节至。焜黄华叶衰。百川东到海。何时复西归。少壮不努力。老大徒伤悲。阳春十字。正大光明。谢康乐皇心美阳泽。万象咸光昭。庶几相类。

君子行

君子防未然。不处嫌疑间。瓜田不纳履。李下不正冠。嫂叔不亲授。长幼不比肩。劳谦得其柄。和光甚独难。周公下白屋。吐哺不及餐。一沐三握发。后世称圣贤。

相逢行

清调曲。一云相逢狭路间行。亦云长安有狭斜行。

相逢狭路间。道隘不容车。不知何年少。夹毂问君家。君家诚易知。易知复难忘。黄金为君门。白玉为君堂。堂上置樽酒。作使邯郸倡。中庭生桂树。华灯何煌煌。兄弟两三人。中子为侍郎。五日一来归。道上自生光。黄金络马头。观者盈道傍。入门时左顾。但见双鸳鸯。鸳鸯七十二。罗列自成行。音声何雕雕。鹤鸣东西厢。大妇织罗绮。中妇织流黄。小妇无所为。挟瑟上高堂。丈人且安坐。调丝方未央。末段后人摘为三妇艳。

善哉行

以下六章瑟调曲。

来日大难。口燥唇干。今日相乐。皆当喜欢。一解。经历名山。芝草翻翻。仙人王乔。奉药一丸。二解。自惜袖短。内误纳。手知寒。惭无灵辄。以报赵宣。三解。月没参横。北斗阑干。亲交在门。饥不及餐。四解。欢日尚少。戚日苦多。以何忘忧。弹筝酒歌。五解。淮南八公。要道不烦。参驾六龙。游戏云端。六解。此言来者难知。劝人及时行乐也。忽云求仙。忽云报恩。忽云结客。忽云饮酒。而仍终之以游仙。无伦无次。杳渺恍惚。

西门行

出西门。步念之。今日不作乐。当待何时。一解。夫为乐。为乐当及时。何能坐愁怫郁。当复待来兹。二解。饮醇酒。炙肥牛。请呼心所欢。何用解愁忧。三解。人生不满百。常怀千岁忧。昼短而夜长。何不秉烛游。四解。自非仙人王子乔。计会寿命难与期。自非仙人王子乔。计会寿命难与期。五解。人寿非金石。年命安可期。贪财爱惜费。但为后世嗤。六解。

东门行

出东门。不顾归。来入门。怅欲悲。盎中无斗储。还视桁上无悬衣。拔剑出门去。儿女牵衣啼。他家但愿富贵。贱妾与君共铺糜。共铺糜。上用沧浪天。故下为黄口小儿。句中或有讹字。今时清廉。难犯教言。君复自爱莫为非。今时清廉。难犯教言。君复自爱莫为非。行吾去为迟。平慎行。望君归。始劝其安贫贱。继恐其触法网。铺糜之妇。岂在咏雄雉者下哉。既出复归。既归复出。功名儿女。缠绵胸次。情事展转如见。叠说一过。丁宁反覆之意。末二句进以硊身。涉世之道也。魏文艳歌何尝行。上惭沧浪之天。下顾黄口小儿。本此。而语句易解。

孤儿行

孤儿生。孤儿遇生。命当独苦。父母在时。乘坚车。驾驷马。叶满补切。父母已去。兄嫂令我行贾。南到九江。东到齐与鲁。腊月来归。不敢自言苦。头多虮虱。面目多尘。大兄言办饭。大嫂言视马。叶。上高堂。行取同趋。殿下堂。古屋之高严。通呼为殿。孤儿泪下如雨。使我朝行汲。暮得水来归。手为错。足下无菲。左传。共其扉屦。扉，草屦也。通作菲。怆怆履霜。中多蒺藜。拔断蒺藜。肠肉中怆欲悲。泪下渫渫。清涕累累。冬无复襦。夏无单衣。居生不乐。不如早去。下从地下黄泉。春风动。草萌芽。三月蚕桑。六月收瓜。将是瓜车。来到还家。瓜车反同翻。覆。助我者少。啖瓜者多。愿还我蒂。独且急归。兄与嫂严。当兴较计。乱曰。里中一何谪谪。愿欲寄尺书。将与地下父母。兄嫂难与久居。极琐碎。极古奥。断续无端。起落无迹。泪痕血点。结撰而成。乐府中有此一种笔墨。始用虞韵。次用支微齐韵。次用歌麻韵。次用霁韵。末用鱼韵。惟中间有双句不在韵内者。如头多虮虱。面目多尘。上高堂。行取殿下堂等句。故摇曳其词。令读者不能骤领耳。黄泉句乃一韵住处。今不归入韵内。岂中间或有脱落耶。至多与瓜。本属一韵。下蒂字乃另换韵也。

艳歌行

翩翩堂前燕。冬藏夏来见。兄弟两三人。流宕在他县。故衣谁当补。新衣谁当绽。赖得贤主人。览取为我绽。夫婿从门来。斜柯西北盼。语卿且勿盼。水清石自见。石见何累累。远行不如归。此居停之妇。为客缝衣。而其夫不免见疑也。末云水清石见。心迹固明矣。然岂如归去为得计乎。贤主人指居停妇言。与陌上桑、羽林郎同见性情之正。国风之遗也。

陇西行

一云步出夏门行。

天上何所有。历历种白榆。桂树夹道生。青龙对道隅。凤凰鸣啾啾。一母将九雏。顾视世间人。为乐甚独殊。好妇出迎客。颜色正敷愉。伸腰再拜跪。问客平安不。请客北堂上。坐客毡氍毹。清白各异樽。酒上正华疏。酌酒持与客。客言主人持。却略再拜跪。然后持一杯。谈笑未及竟。左顾敕中厨。促令办粗饭。慎莫使稽留。废礼送客出。盈盈府中趋。送客亦不远。足不过门枢。取妇得如此。齐姜亦不如。健妇持门户。亦胜一丈夫。起八句若不相属。古诗往往有之。不必曲为之说。却略。奉觞在手。退而行礼。故稍却也。写得婉媚。通体极赞中。自有讽意。

淮南王篇

舞曲歌辞。

淮南王。自言尊。百尺高楼与天连。后园凿井银作床。金瓶素绠汲寒浆。汲寒浆。饮少年。少年窈窕何能贤。扬声悲歌音绝天。我欲渡河河无梁。愿化双黄鹄还故乡。还故乡。入故里。徘徊故乡。苦身不已。繁舞寄声无不泰。徘徊桑梓游天外。此哀淮南求仙无益。而以身受祸也。措词特隐。

伤歌行

以下杂曲歌辞。

昭昭素明月。辉光烛我床。忧人不能寐。耿耿夜何长。微风吹闺闼。罗帷自飘扬。揽衣曳长带。屣履下高堂。东西安所之。徘徊以彷徨。春鸟翻南飞。翩翩独翱翔。悲声命俦匹。哀鸣伤我肠。感物怀所思。泣涕忽沾裳。伫立吐高吟。舒愤诉穹苍。不追琢。不属对。和平中自有骨力。

悲　歌

悲歌可以当泣。远望可以当归。思念故乡。郁郁累累。欲归家无人。欲渡河无船。心思不能言。肠中车轮转。起最矫健。李太白时或有之。

枯鱼过河泣

枯鱼过河泣。何时悔复及。作书与鲂鲡。相教慎出入。汉人每有此种奇想。

古　歌

秋风萧萧愁杀人。出亦愁。入亦愁。座中何人。谁不怀忧。令我白头。胡地多飘风。树木何修修。离家日趋远。衣带日趋缓。心思不能言。肠中车轮转。苍莽而东。飘风急雨。不可遏抑。离家二句。同行行重行行篇。然以字浑。趋字新。此古诗乐府之别。

古八变歌

北风初秋至。吹我章华台。浮云多暮色。似从崦嵫来。枯桑鸣中林。络纬响空阶。翩翩飞蓬征。怆怆游子怀。故乡不可见。长望始此回。

猛虎行

饥不从猛虎食。暮不从野雀栖。野雀安无巢。游子为谁骄。

乐　府

行胡从何方。列国持何来。氍毹毾㲪五木香。迷迭艾蒳及都梁。*首二句指入贡之人言。本用阳韵。而第二句以来字间之。首句用韵。次句不入韵也。*

古诗源卷四

汉　诗

古诗为焦仲卿妻作

汉末建安中。庐江府小吏焦仲卿妻刘氏。为仲卿母所遣。自誓不嫁。其家逼之。乃投水而死。仲卿闻之。亦自缢于庭树。时伤之。为诗云尔。

孔雀东南飞。五里一徘徊。十三能织素。十四学裁衣。十五弹箜篌。十六诵诗书。十七为君妇。心中常苦悲。君既为府吏。守节情不移。贱妾留空房。相见常日稀。鸡鸣入机织。夜夜不得息。三日断五匹。大人故嫌迟。非为织作迟。君家妇难为。妾不堪驱使。徒留无所施。便可白公姥。及时相遣归。府吏得闻之。堂上启阿母。儿已薄禄相。幸复得此妇。结发同枕席。黄泉共为友。共事二三年。始尔未为久。女行无偏斜。何意致不厚。阿母谓府吏。何乃太区区。此妇无礼节。举动自专由。吾意久怀忿。汝岂得自由。东家有贤女。自名秦罗敷。可怜体无比。阿母为汝求。便可速遣之。遣去慎莫留。府吏长跪答。伏惟启阿母。今若遣此妇。终老不复取。阿母得闻之。椎床便大怒。小子无所畏。何敢助妇语。吾已失恩义。会不相从许。府吏默无声。再拜还入户。举言谓新妇。哽咽不能语。我自不驱卿。逼迫有阿母。卿但暂还家。吾今且报府。不久当归还。还必相迎取。以此下心意。慎勿违吾语。新妇谓府吏。勿复重纷纭。往昔初阳岁。谢家来贵门。奉事循公姥。进止敢自专。昼夜勤作息。伶俜萦苦辛。谓言无罪过。供养卒大恩。仍更被驱遣。何言复来还。妾有绣腰襦。葳蕤自生光。红罗复斗账。四角垂香囊。箱帘六七十。绿碧青丝绳。物物各自异。种种在其中。人贱物亦鄙。不足迎后人。留待作遗施。于今无会因。时时为安慰。久久莫相忘。鸡鸣外欲曙。新妇起严妆。著我绣袷裙。事事四五通。足下蹑丝履。头上玳瑁光。腰若流纨素。耳著明月珰。指如削葱根。口如含朱丹。纤纤作细步。精妙世无双。上堂拜阿母。母听去不止。昔作女儿时。生小出野里。本自无教训。兼愧贵家子。受母钱帛多。不堪母驱使。今日还家去。念母劳家里。却与小姑别。泪落连珠子。新妇初来时。小姑始扶床。今日被驱遣。小姑如我长。勤心养公姥。好自相扶将。初七及下九。嬉戏莫相忘。出门登车去。涕落百余行。府吏马在前。新妇车在后。隐隐何甸甸。俱会大道口。下马入车中。低头共耳语。誓不相隔卿。且暂还家去。吾今且赴府。不久当还归。誓天不相负。新妇谓府吏。感君区区怀。君既若见录。不久望君来。君当作磐石。妾当作蒲苇。蒲苇纫如丝。磐石无转移。我有亲父兄。性行暴如雷。恐不任我意。逆以煎我怀。举手长劳劳。二情同依依。入门上家堂。进退无颜仪。阿母大拊掌。不图子自归。十三教汝织。十四能裁衣。十五弹箜篌。十六知礼仪。十七遣汝嫁。谓言无誓违。汝今何罪过。不迎而自归。兰芝惭阿母。儿实无罪过。阿母大悲摧。还家十余日。县令遣媒来。云有第三郎。窈窕世无双。年始十八九。便言多令才。阿母谓阿女。汝可去应之。阿女衔泪答。兰芝初还时。府吏见丁宁。结誓不别离。今日违情义。恐此事非奇。自可断来信。徐徐更谓之。阿母白媒人。贫贱有此女。始适还家门。不堪吏人妇。岂合令郎君。幸可广问讯。不得便相许。媒人去数日。寻遣丞请还。说有兰家女。承籍有宦官。云有第五郎。娇逸未有婚。遣丞为媒人。主簿通语言。直说太守家。有此令郎君。既欲结大义。故遣来贵门。阿母谢媒人。女子先有誓。老姥岂敢言。阿兄得闻之。怅然心中烦。举言谓阿妹。作计何不量。先嫁得府吏。后嫁得郎君。否泰如天地。足以荣汝身。不嫁义郎体。其往欲何云。兰芝仰头答。理实如兄言。谢家事夫婿。中道还兄门。处分适兄意。那得自任专。虽与府吏要。渠会永无缘。登即相许和。便可作婚姻。媒人下床去。诺诺复尔尔。还部白府君。下官奉使命。言谈大有缘。府君得闻之。心中大欢喜。视历复开书。便利此月内。六合正相应。良吉三十日。今已二十七。卿可去成婚。交语速装束。络绎如浮云。青雀白鹄舫。四角龙子幡。婀娜随风转。金车玉作轮。踯躅青骢马。流苏金缕鞍。赍钱三百万。皆用青丝穿。杂彩三百匹。交广市鲑珍。从人四五百。郁郁登郡门。阿母谓阿女。适得府君书。明日来迎汝。何不作衣裳。莫令事不举。阿女默无声。手巾掩口啼。泪落便如泻。移我琉璃榻。出置前窗下。左手持刀尺。右手执绫罗。朝成绣袷裙。晚成单罗衫。晻晻日欲暝。愁思出门啼。府吏闻此变。因求假暂归。未至二三里。摧藏马悲哀。新妇识马声。蹑履相逢迎。怅然遥相望。知是故人来。举手拍马鞍。嗟叹使心伤。自君别我后。人事不可量。果不如先愿。又非君所详。我有亲父母。逼迫兼弟兄。以我应他人。君还何所望。府吏谓新妇。贺卿得高迁。磐石方且厚。可以卒千年。蒲苇一时纫。便作旦夕间。卿当日胜贵。吾独向黄泉。新妇谓府吏。何意出此言。同是被逼迫。君尔妾亦然。黄泉下相见。勿违今日言。执手分道去。各各还家门。生人作死别。恨恨那可论。念与世间辞。千万不复全。府吏还家去。上堂拜阿母。今日大风寒。寒风摧树木。严霜结庭兰。儿今日冥冥。令母在后单。故作不良计。勿复怨鬼神。命如南山石。四体康且直。阿母得闻之。零泪应声落。汝是大家子。仕宦于台阁。慎勿为妇死。贵贱情何薄。东家有贤女。窈窕艳城郭。阿母为汝求。便复在旦夕。府吏再拜还。长叹空房中。作计乃尔立。转头向户里。渐见愁煎迫。其日牛马嘶。新妇入青庐。奄奄黄昏后。寂寂人定初。我命绝今日。魂去尸长留。揽裙脱丝履。举身赴清池。府吏闻此事。心知长别离。徘徊庭树下。自挂东南枝。两家求合葬。合葬华山傍。东西植松柏。左右种梧桐。枝枝相覆盖。叶叶相交通。中有双飞鸟。自名为鸳鸯。仰头相向鸣。夜夜达五更。行人驻足听。寡妇起彷徨。多谢后世人。戒之慎勿忘。共一千七百八十五字。古今第一首长诗也。淋淋漓漓。反反覆覆。杂述十数人口中语。而各肖其声音面目。岂非化工之笔。长篇诗若平平叙去。恐无色泽。中间须点染华缛。五色陆离。使读者心目俱炫。如篇中新妇出门时。妆有绣罗襦一段。太守择日后。青雀白鹄舫一段是也。作诗贵剪裁。入手若叙两家家世。末段若叙两家如何悲恸。岂不冗漫拖沓。故竟以一二语了之。极长诗中具有剪裁也。别小姑一段。悲怆之中。复极温厚。风人之旨。固应尔耳。唐人作弃妇篇。直用其语云。忆我初来时。小姑始扶床。今别小姑去。小姑如我长。下忽接二语云。回头语小姑。莫嫁如兄夫。轻薄无余味矣。故君子立言有则。否泰如天地一语。小人但慕富贵。不顾礼义。实有此口吻。蒲苇磐石。即以新妇语诮之。乐府中每多此种章法。

古诗十九首

十九首非一人一时作。玉台以中几章为枚乘。文心雕龙以孤竹一篇为傅毅之词。昭明以不知姓氏。统名为古诗。从昭明为允。

行行重行行。与君生别离。相去万余里。各在天一涯。道路阻且长。会面安可知。胡马依北风。越鸟巢南枝。相去日已远。衣带日已缓。浮云蔽白日。游子不顾反。思君令人老。岁月忽已晚。弃捐勿复道。努力加餐饭。起是俚语。极韵。○陆贾曰。邪臣之蔽贤。犹浮云之障日月。古杨柳行曰。谗邪害公正。浮云蔽白日。○思君令人老。本小弁维忧用老句。

青青河畔草。郁郁园中柳。盈盈楼上女。皎皎当窗牖。娥娥红粉妆。纤纤出素手。昔为倡家女。今为荡子妇。荡子行不归。空床难独守。用叠字。从卫硕人河水洋洋。北流活活一章化出。

青青陵上柏。磊磊磵中石。人生天地间。忽如远行客。斗酒相娱乐。聊厚不为薄。驱车策驽马。游戏宛与洛。洛中何郁郁。冠带自相索。长衢罗夹巷。王侯多第宅。两宫遥相望。双阙百余尺。极宴娱心意。戚戚何所迫。起言柏与石长存。而人异于树石也。

今日良宴会。欢乐难具陈。弹筝奋逸响。新声妙入神。令德唱高言。识曲听其真。齐心同所愿。含意俱未申。人生寄一世。奄忽若飙尘。何不策高足。先据要路津。无为守穷贱。轗轲长苦辛。据要津乃诡词也。古人感愤。每有此种。

西北有高楼。上与浮云齐。交疏结绮窗。阿阁三重阶。上有弦歌声。音响一何悲。谁能为此曲。无乃杞梁妻。清商随风发。中曲正徘徊。一弹再三叹。慷慨有余哀。不惜歌者苦。但伤知音稀。愿为双鸣鹤。奋翅起高飞。但伤知音稀。与识曲听其真同意。

涉江采芙蓉。兰泽多芳草。采之欲遗谁。所思在远道。还顾望旧乡。长路漫浩浩。同心而离居。忧伤以终老。

明月皎夜光。促织鸣东壁。玉衡指孟冬。众星何历历。白露沾野草。时节忽复易。秋蝉鸣树间。玄鸟逝安适。昔我同门友。高举振六翮。不念携手好。弃我如遗迹。南箕北有斗。牵牛不负轭。良无磐石固。虚名复何益。南箕二语。言有名而无实也。此兴意与玉衡指孟冬正用者自别。

冉冉孤生竹。结根泰山阿。与君为新婚。兔丝附女罗。兔丝生有时。夫妇会有宜。千里远结婚。悠悠隔山陂。思君令人老。轩车来何迟。伤彼蕙兰花。含英扬光辉。过时而不采。将随秋草萎。君亮执高节。贱妾亦何为。起四句比中用比。悠悠隔山陂。情已离矣。而望之无已。不敢作决绝怨恨语。温厚之至也。

庭中有奇树。绿叶发华滋。攀条折其荣。将以遗所思。馨香盈怀袖。路远莫致之。此物何足贵。但感别经时。何足贵。文选作何足贡。谓献也。较有味。

迢迢牵牛星。皎皎河汉女。纤纤擢素手。札札弄机杼。终日不成章。泣涕零如雨。河汉清且浅。相去复几许。盈盈一水间。脉脉不得语。相近而不能达情。弥复可伤。此亦托兴之词。

回车驾言迈。悠悠涉长道。四顾何茫茫。东风摇百草。所遇无故物。焉得不速老。盛衰各有时。立身苦不早。人生非金石。岂能长寿考。奄忽随物化。荣名以为宝。不得已而托之身后之名。与托之游仙饮酒者同意。

东城高且长。逶迤自相属。回风动地起。秋草萋已绿。四时更变化。岁暮一何速。晨风怀苦心。蟋蟀伤局促。荡涤放情志。何为自结束。燕赵多佳人。美者颜如玉。被服罗裳衣。当户理清曲。音响一何悲。弦急知柱促。驰情整中带。沉吟聊踯躅。思为双飞燕。衔泥巢君屋。或以燕赵多佳人下。另作一首。

驱车上东门。遥望郭北墓。白杨何萧萧。松柏夹广路。下有陈死人。杳杳即长暮。潜寐黄泉下。千载永不寤。浩浩阴阳移。年命如朝露。人生忽如寄。寿无金石固。万岁更相送。贤圣莫能度。服食求神仙。多为药所误。不如饮美酒。被服纨与素。庄子曰。人而无人道。是谓陈人也。郭象曰。陈，久也。

去者日以疏。来者日以亲。出郭门直视。但见丘与坟。古墓犁为田。松柏摧为薪。白杨多悲风。萧萧愁杀人。思还故里间。欲归道无因。

生年不满百。常怀千岁忧。昼短苦夜长。何不秉烛游。为乐当及时。何能待来兹。愚者爱惜费。但为后世嗤。仙人王子乔。难可与等期。

凛凛岁云暮。蝼蛄夕鸣悲。凉风率已厉。游子寒无衣。锦衾遗洛浦。同袍与我违。独宿累长夜。梦想见容辉。良人惟古欢。枉驾惠前绥。愿得常巧笑。携手同车归。既来不须臾。又不处重闱。亮无晨风翼。焉能凌风飞。盼睐以适意。引领遥相睎。徙倚怀感伤。垂涕沾双扉。<small>此相见无期。托之于梦也。既来不须臾二语。恍恍惚惚。写梦境入神。</small>

孟冬寒气至。北风何惨栗。愁多知夜长。仰观众星列。三五明月满。四五蟾兔缺。客从远方来。遗我一书札。上言长相思。下言久离别。置书怀袖中。三岁字不灭。一心抱区区。惧君不识察。<small>置书怀袖。亲之也。三岁不灭。永之也。然区区之诚。君岂能察识哉。用意措词。微而婉矣。</small>

客从远方来。遗我一端绮。相去万余里。故人心尚尔。文彩双鸳鸯。裁为合欢被。著掌吕反。以长相思。缘以绢切。以结不解。以胶投漆中。谁能别离此。

明月何皎皎。照我罗床帏。忧愁不能寐。揽衣起徘徊。客行虽云乐。不如早旋归。出户独彷徨。愁思当告谁。引领还入房。泪下沾裳衣。<small>十九首大率逐臣弃妻朋友阔绝死生新故之感。中间或寓言。或显言。反覆低徊。抑扬不尽。使读者悲感无端。油然善入。此国风之遗也。言情不尽。其情乃长。后人患在好尽耳。读十九首应有会心。清和平远。不必奇辟之思、惊险之句。而汉京诸古诗皆在其下。五言中方员之至。</small>

拟苏李诗

晨风鸣北林。熠熠东南飞。愿言所相思。日暮不垂帷。明月照高楼。想见余光辉。玄鸟夜过庭。仿佛能复飞。褰裳路踟蹰。

彷徨不能归。浮云日千里。安知我心悲。思得琼树枝。以解长渴饥。拟诗非不高古。然乏和宛之音。去苏李已远。

凤皇鸣高冈。有翼不好飞。安知凤皇德。贵其来见稀。阙。

红尘蔽天地。白日何冥冥。微阴盛杀气。凄风从此兴。招摇西北指。天汉东南倾。嗟尔穹庐子。独行如履冰。短褐中无绪。带断续以绳。泻水置瓶中。焉辨淄与渑。巢父不洗耳。后世有何称。

古　诗

上山采蘼芜。下山逢故夫。长跪问故夫。新人复何如。新人虽言好。未若故人姝。颜色类相似。手爪不相如。新人从门入。故人从阁去。新人工织缣。故人工织素。织缣日一匹。织素五丈余。将缣来比素。新人不如故。手爪谓手所织。

悲与亲友别。气结不能言。赠子以自爱。道远会见难。人生无几时。颠沛在其间。念子弃我去。新心有所欢。结志青云上。何时复来还。

古诗三首

橘柚垂华实。乃在深山侧。闻君好我甘。窃独自雕饰。委身玉盘中。历年冀见食。芳菲不相投。青黄忽改色。人傥欲我知。因君为羽翼。区区之诚。冀达高远。通首托物寄兴。不露正意。弥见其高。

十五从军征。八十始得归。道逢乡里人。家中有阿谁。遥望是君家。松柏冢累累。兔从狗窦入。雉从梁上飞。中庭生旅谷。井上生旅葵。烹谷持作饭。采葵持作羹。羹饭一时熟。不知贻阿谁。出门东向望。泪落沾我衣。遥望二句。乃乡人答词。下从征者入门之词。古人诗每灭去针线痕迹。通章用支微韵。而烹谷持作饭。采葵持作羹二句。不入韵中。最是摇曳之至。非古人不能用韵也。

新树兰蕙葩。杂用杜蘅草。终朝采其华。日暮不盈抱。采之欲遗谁。所思在远道。馨香易销歇。繁华会枯槁。怅望何所言。临风送怀抱。韵脚两用抱字。

古诗一首

步出城东门。遥望江南路。前日风雪中。故人从此去。我欲渡河水。河水深无梁。愿为双黄鹄。高飞还故乡。

古诗二首

采葵莫伤根。伤根葵不生。结交莫羞贫。羞贫友不成。甘瓜抱苦蒂。美枣生荆棘。利傍有倚刀。贪人还自贼。

古绝句

藁砧今何在。山上复有山。何当大刀头。破镜飞上天。通首隐语。

菟丝从长风。根茎无断绝。无情尚不离。有情安可别。

杂歌谣辞

古　歌

高田种小麦。终久不成穗。男儿在他乡。焉得不憔悴。兴意

91

若相关若不相关。所以为妙。

淮南民歌

汉书。淮南厉王长。高帝少子也。废法不轨。文帝徙之蜀严。道死。民作歌云。下杂录歌谣。

一尺布。尚可缝。一斗粟。尚可舂。兄弟二人不相容。

颍川歌

汉书。灌夫不好文学。喜任侠。重然诺。诸所与交通。无非豪杰大猾。家累数千万。食客日数十百人。陂池田园。宗族宾客。为权利横颍川。颍川儿歌之。

颍水清。灌氏宁。颍水浊。灌氏族。

郑白渠歌

汉书。汉大始中。赵中大夫白公奏穿郑国渠。引泾水溉田。民得其饶。歌曰。

田于何所。池阳谷口。郑国在前。白渠起后。举锸如云。决渠为雨。泾水一石。其泥数斗。且溉且粪。长我禾黍。衣食京师。亿万之口。

鲍司隶歌

列异传云。鲍宣。宣子永。永子昱。三世皆为司隶。而乘一骢马。京师人歌之。

鲍氏骢。三人司隶再入公。马虽瘦。行步工。

陇头歌二首

陇头流水。流离四下。念我行役。飘然旷野。登高望远。涕零双堕。

陇头流水。鸣声幽咽。遥望秦川。肝肠断绝。

牢石歌

汉书佞幸传。元帝时。宦官石显为中书令。与仆射牢梁、少府五鹿充宗。结为党友。附倚者皆得宠位。民歌云云。

牢耶石耶。五鹿客耶。印何累累。绶若若耶。

五鹿歌

汉书。五鹿充宗贵幸。为梁丘易。元帝令与诸易家辨论。诸儒莫能抗。有荐朱云者。摄齐登堂。抗首而讲。音动左右。故诸儒语曰。

五鹿岳岳。朱云折其角。

匈奴歌

　　十道志。焉支祁连二山。皆美水草。匈奴失之。乃
作此歌。

失我焉支山。令我妇女无颜色。失我祁连山。使我六畜不
蕃息。

成帝时燕燕童谣

　　汉书五行志。成帝为微行出游。常与富平侯张放
俱。称富平侯家人。过河阳主作乐。见舞者赵飞燕而幸
之。后宫皇子。卒皆诛死。

燕。燕。尾涎涎。张公子。时相见。木门仓琅根。燕飞来。
啄皇孙。皇孙死。燕啄矢。首二燕字。一字一句。张公子。谓富平
侯也。

逐弹丸

　　西京杂记。韩嫣好弹。以金为丸。京师儿童。闻嫣
出弹。辄随之。

苦饥寒。逐弹丸。

成帝时歌谣

见汉书五行志。

邪径败良田。谗口乱善人。桂树华不实。黄爵巢其颠。昔为人所羡。今为人所怜。桂，赤色。汉家象。华不实。无继嗣也。王莽自谓黄象。巢其颠，篡形已成也。

投　阁

汉书。王莽篡位后。复上符命者。莽尽诛之。时扬雄校书天禄阁。使者欲收雄。雄恐。乃从阁自投。几死。京师语曰。

惟寂寞。自投阁。爰清静。作符命。

灶下养

东观汉纪。更始在长安。所授官爵。皆群小贾人。或膳夫、庖人。长安语曰。

灶下养。中郎将。烂羊胃。骑都尉。烂羊头。关内侯。

城中谣

后汉书。前世长安城中谣言。改政移风。必有其本。上之所好。下必甚焉。

城中好高髻。四方高一尺。城中好广眉。四方且半额。城中好大袖。四方全匹帛。

蜀中童谣

后汉书五行志。世祖时建武六年蜀中童谣。是时公孙述僭号于蜀。时人窃言王莽称黄。述欲继之。故称白。五铢。汉家物。明当复也。述遂诛灭。

黄牛白腹。五铢当复。

顺帝时京都童谣

后汉书五行志。李固争清河王当立。梁冀立蠡吾侯。固幽毙于狱。而胡广、赵戒、袁汤等一时封侯。京都童谣云。

直如弦。死道边。曲如钩。反封侯。

考城谚

后汉书。仇览。考城人。为蒲亭长。初到亭。有陈元之母。告元不孝。览亲到元家。为陈人伦孝行。谕以祸福。元卒成孝子。乡邑为之谚曰。

父母何在在我庭。化我鸱枭哺所生。

桓帝初小麦童谣

后汉书五行志。元嘉中。凉州诸羌。一时俱反。命将出师。每战常负。故云云。

小麦青青大麦枯。谁当获者妇与姑。丈夫何在西击胡。
吏置马。君具车。请为诸君鼓咙胡。鼓咙胡。不敢公言。私咽语也。

桓灵时童谣

后汉书曰。桓帝之世。更相滥举。人为之谣。

举秀才。不知书。举孝廉。父别居。寒素清白浊如泥。音涅。
高第良将怯如黾。音灭。

城上乌童谣

后汉书五行志曰。桓帝初京师童谣。按此刺为政之贪也。车班班。入河间。言桓帝将崩。乘舆入河间迎灵帝也。河间姹女工数钱以下。灵帝既立。其母永乐太后好聚金钱。教灵帝卖官受钱。天下忠义之士。欲击悬鼓以陈。而大吏既怒。无如何也。

城上乌。尾毕逋。公为吏。子为徒。一徒死。百乘车。车班班。入河间。河间姹女工数钱。以钱为室金为堂。石上慊慊舂黄梁。梁下有悬鼓。我欲击之丞相怒。歌谣领其大意。不必字字归著。与其穿凿。毋宁阙疑。

灵帝末京都童谣

后汉书五行志曰。灵帝之末。京都童谣。献帝初立。未有爵号。为中常侍段珪等所执。公卿百官。皆随其后。到河上乃得还。此为非侯非王上北邙者也。

侯非侯。王非王。千乘万骑上北邙。

丁令威歌

搜神记。辽东城门有华表柱。忽有一白鹤集柱头。时有少年欲射之。鹤乃飞。徘徊空中而言云。

有鸟有鸟丁令威。去家千岁今来归。城郭如故人民非。何不学仙冢累累。

苏耽歌

神仙传。苏耽仙去后。一鹤降郡屋。久而不去。郡僚子弟弹之。鹤乃举足画屋。若书字焉。其辞云云。

乡原一别。重来事非。甲子不记。陵谷迁移。白骨蔽野。青山旧时。翘足高屋。下见群儿。我是苏仙。弹我何为。翻身云外。却返吾居。连上首。应是后人拟作。词有可取。取之。

古诗源卷五

魏　诗

武　帝

孟德诗犹是汉音。子桓以下。纯乎魏响。沈雄俊爽。时露霸气。

短歌行

言当及时为乐也。

对酒当歌。人生几何。譬如朝露。去日苦多。慨当以慷。幽思难忘。何以解忧。惟有杜康。青青子衿。悠悠我心。但为君故。沉吟至今。呦呦鹿鸣。食野之苹。我有嘉宾。鼓瑟吹笙。明明如月。何时可掇。忧从中来。不可断绝。越陌度阡。枉用相存。契阔谈䜩。心念旧恩。月明星稀。乌鹊南飞。绕树三匝。何枝可依。山不厌高。海不厌深。周公吐哺。天下归心。月明星稀四句。喻客子无所依托。山不厌高四句。言王者不却众庶。故能成其大也。

观沧海

东临碣石。以观沧海。水何澹澹。山岛竦峙。树木丛生。百草丰茂。秋风萧瑟。洪波涌起。日月之行。若出其中。星汉灿烂。若出其里。幸甚至哉。歌以咏志。有吞吐宇宙气象。

土不同

乡土不同。河朔隆寒。流澌浮漂。舟船行难。锥不入地。蘴籟深奥。水竭不流。冰坚可蹈。士隐者贫。勇侠轻非。心常叹怨。戚戚多悲。幸甚至哉。歌以咏志。即好勇疾贫乱也之意。写得苍劲萧瑟。

龟虽寿

神龟虽寿。犹有竟时。腾蛇成雾。终为土灰。老骥伏枥。志在千里。烈士暮年。壮心不已。盈缩之期。不独在天。养怡之福。可得永年。幸甚至哉。歌以咏志。盈缩之期。不独在天。言己可造命也。曹公四言。于三百篇外。自开奇响。

薤露

惟汉二十世。所任诚不良。沐猴而冠带。知小而谋强。犹豫不敢断。因狩执君王。白虹为贯日。己亦先受殃。贼臣执国柄。杀主灭宇京。荡覆帝基业。宗庙以燔丧。播越西迁移。号泣而且行。瞻彼洛城郭。微子为哀伤。此指何进召董卓事。汉末实录也。

蒿里行

关东有义士。兴兵讨群凶。初期会盟津。乃心在咸阳。军合力不齐。踌躇而雁行。势利使人争。嗣还自相戕。淮南弟称号。刻玺于北方。铠甲生虮虱。万姓以死亡。白骨露于野。千里无鸡鸣。生民百遗一。念之断人肠。此指本初、公路辈。讨董卓而不能成功也。借古乐府写时事。始于曹公。

苦寒行

北上太行山。艰哉何巍巍。羊肠坂诘屈。车轮为之摧。树木何萧瑟。北风声正悲。熊罴对我蹲。虎豹夹路啼。溪谷少人民。雪落何霏霏。延颈长叹息。远行多所怀。我心何怫郁。思欲一东归。水深桥梁绝。中路正徘徊。迷惑失故路。薄暮无宿栖。行行日已远。人马同时饥。担囊行取薪。斧冰持作糜。悲彼东山诗。悠悠使我哀。

却东西门行

鸿雁出塞北。乃在无人乡。举翅万里余。行止自成行。冬节食南稻。春日复北翔。田中有转蓬。随风远飘扬。长与故根绝。万岁不相当。奈何此征夫。安得去四方。戎马不解鞍。铠甲不离傍。冉冉老将至。何时返故乡。神龙藏深泉。猛兽步高冈。狐死归首丘。故乡安可忘。

文 帝

子桓诗有文士气。一变乃父悲壮之习矣。要其便娟
婉约。能移人情。

短歌行

仰瞻帷幕。俯察几筵。其物如故。其人不存。神灵倏忽。弃
我遐迁。靡瞻靡恃。泣涕涟涟。呦呦游鹿。衔草鸣麑。翩翩飞
鸟。挟子巢栖。我独孤茕。怀此百离。忧心孔疚。莫我能知。人
亦有言。忧令人老。嗟我白发。生一何早。长吟永叹。怀我圣
考。曰仁者寿。胡不是保。此思亲之作。

善哉行

上山采薇。薄暮苦饥。溪谷多风。霜露沾衣。野雉群雊。猴
猿相追。还望故乡。郁何垒垒。平声。高山有崖。林木有枝。忧
来无方。人莫之知。人生如寄。多忧何为。今我不乐。岁月如
驰。汤汤川流。中有行舟。随波回转。有似客游。策我良马。被
我轻裘。载驰载驱。聊以忘忧。此诗客游之感。忧来无方。写忧剧深。
末指客游似行舟。反以行舟似客游言之。措语既工复活。

杂 诗

漫漫秋夜长。烈烈北风凉。展转不能寐。披衣起彷徨。彷徨

忽已久。白露沾我裳。俯视清水波。仰看明月光。天汉回西流。
三五正纵横。草虫鸣何悲。孤雁独南翔。郁郁多悲思。绵绵思故
乡。愿飞安得翼。欲济河无梁。向风长叹息。断绝我中肠。

西北有浮云。亭亭如车盖。惜哉时不遇。适与飘风会。吹我
东南行。行行至吴会。吴会非我乡。安得久留滞。弃置勿复陈。
客子常畏人。二诗以自然为宗。言外有无穷悲感。

至广陵于马上作

魏志。黄初六年。幸广陵故城。临江观兵。戎卒十
余万。旌旗数百里。因于马上作诗。

观兵临江水。水流何汤汤。戈矛成山林。玄甲耀日光。猛将
怀暴怒。胆气正纵横。谁云江水广。一苇可以航。不战屈敌卤。
戢兵称贤良。古公宅岐邑。实始翦殷商。孟献营虎牢。郑人惧稽
颡。平声。充国务耕殖。先零音怜。自破亡。兴农淮泗间。筑室都
徐方。量宜运权略。六军咸悦康。岂如东山诗。悠悠多忧伤。本
难飞渡。却云一苇可航。此勉强之词也。然命意使事。居然
独胜。

寡 妇

友人阮元瑜早亡。伤其妻寡居。为作是诗。

霜露纷兮交下。木叶落兮凄凄。候雁叫兮云中。归燕翩兮徘
徊。妾心感兮惆怅。白日忽兮西颓。守长夜兮思君。魂一夕兮九
乖。怅延伫兮仰视。星月随兮天回。徒引领兮入房。窃自怜兮孤
栖。原从君兮终没。愁何可兮久怀。潘岳寡妇赋序曰。阮瑀既没。魏

文悼之。并命知旧作寡妇之赋。指是篇也。

燕歌行

广题曰。燕，地名。言良人从役于燕。而为此曲。

秋风萧瑟天气凉。草木摇落露为霜。群燕辞归雁南翔。念君客游思断肠。慊慊思归恋故乡。何为淹留寄他方。贱妾茕茕守空房。忧来思君不敢忘。不觉泪下沾衣裳。援琴鸣弦发清商。短歌微吟不能长。明月皎皎照我床。星汉西流夜未央。牵牛织女遥相望。尔独何辜限河梁。和柔巽顺之意。读之油然相感。节奏之妙。不可思议。句句用韵。掩抑徘徊。短歌微吟不能长。恰似自言其诗。

甄　后

塘上行

蒲生我池中。其叶何离离。傍能行仁义。莫若妾自知。众口铄黄金。使君生别离。念君去我时。独愁常苦悲。想见君颜色。感结伤心脾。念君常苦悲。夜夜不能寐。莫以贤豪故。弃捐素所爱。莫以鱼肉贱。弃捐葱与薤。莫以麻枲贱。弃捐菅与蒯。出亦复苦愁。入亦复苦愁。边地多悲风。树木何翛翛。从军致独乐。延年寿千秋。末路反用说开。汉人乐府。往往有之。

明 帝

种瓜篇

种瓜东井上。冉冉自逾垣。与君新为婚。瓜葛相结连。寄托不肖躯。有如倚太山。兔丝无根株。蔓延自登缘。萍藻托清流。常恐身不全。被蒙丘山惠。贱妾执拳拳。天日照知之。想君亦俱然。

曹 植

子建诗五色相宣。八音朗畅。使才而不矜才。用博而不逞博。苏、李以下。故推大家。仲宣、公干。乌可执金鼓而抗颜行也。

朔风诗

仰彼朔风。用怀魏都。愿骋代马。倏忽北徂。凯风永至。思彼蛮方。愿随越鸟。翻飞南翔。四气代谢。悬景同影。运周。别如俯仰。脱若三秋。昔我初迁。朱华未希。今我旋止。素雪云飞。俯降千仞。仰登天阻。风飘蓬飞。载离寒暑。千仞易陟。天阻可越。昔我同袍。今永乖别。子好芳草。岂忘尔贻。繁华将茂。秋霜悴之。君不垂眷。岂云其诚。秋兰可喻。桂树冬荣。弦歌荡思。谁与消忧。临川暮思。何为泛舟。岂无和乐。游非我邻。谁忘泛舟。愧无榜人。言君虽不垂眷。而己岂得不言其诚乎。故下接秋兰云云。结意和平夷愉。诗中正则。

鰕䱇篇

鰕䱇。同鳝。从旦不从且。他本误作䱇。无此字也。

鰕䱇游潢潦。不知江海流。燕雀戏藩柴。安识鸿鹄游。世士诚明性。大德固无俦。驾言登五岳。然后小陵丘。俯观上路人。势利惟是谋。仇高念皇家。远怀柔九州。抚剑而雷音。猛气纵横浮。泛泊徒嗷嗷。谁知壮士忧。

泰山梁甫行

八方各异气。千里殊风雨。剧哉边海民。寄身于草野。妻子象禽兽。行止依林阻。柴门何萧条。狐兔翔我宇。

箜篌引

置酒高殿上。亲友从我游。中厨辨丰膳。烹羊宰肥牛。秦筝何慷慨。齐瑟和且柔。阳阿奏奇舞。京洛出名讴。乐饮过三爵。缓带倾庶羞。主称千年寿。宾奉万年酬。久要不可忘。薄终义所尤。谦谦君子德。磬折欲何求。惊风飘白日。光景驰西流。盛时不可再。百年忽我遒。生存华屋处。零落归山丘。先民谁不死。知命复何忧。

怨歌行

为君既不易。为臣良独难。忠信事不显。乃有音又。见疑患。周公佐成王。金滕功不刊。推心辅王室。二叔反流言。待罪居东国。泫涕常流连。皇灵大动变。震雷风且寒。拔树偃秋稼。天威不可干。素服开金滕。感悟求其端。公旦事既显。成王乃哀叹。吾欲竟此曲。此曲悲且长。今日乐相乐。别后莫相忘。忠信事不显。言忠信之心。不欲人知也。如周公纳祝词于匮中之类。末四句竟用成语。古人不忌。

名都篇

名都者。邯郸临淄之类也。以刺时人骑射之妙。游骋之乐。而无忧国之心也。

名都多妖女京洛出少年。宝剑直千金。被服丽且鲜。斗鸡东郊道。走马长楸间。驰骋未能半。双兔过我前。揽弓捷鸣镝。长驱上南山。左挽因右发。一纵两禽连。余巧未及展。仰手接飞鸢。观者咸称善。众工归我妍。我归宴平乐。美酒斗十千。脍鲤臇胎虾。寒鳖炙熊蹯。鸣俦啸匹侣。列坐竟长筵。连翩击鞠壤。巧捷惟万端。白日西南驰。光景不可攀。云散还城邑。清晨复来还。郑玄周礼注曰。凡鸟兽未孕曰禽。不独鸟也。名都、白马二篇。敷陈藻彩。所谓修词之章也。起句以妖女。陪少年。乃客意也。

美女篇

美女者,以喻君子。言君子有美行。愿得贤君而事之。若不遇时。虽见征求。终不屈也。

美女妖且闲。采桑岐路间。柔条纷冉冉。落叶何翩翩。攘袖
见素手。皓腕约金环。头上金爵钗。腰佩翠琅玕。明珠交玉体。
珊瑚间木难。罗衣何飘飘。轻裾随风还。顾盼遗光彩。长啸气若
兰。行徒用息驾。休者以忘餐。借问女安居。乃在城南端。青楼
临大路。高门结重关。容华耀朝日。谁不希令颜。媒氏何所营。
玉帛不时安。佳人慕高义。求贤良独难。众人徒嗷嗷。安知彼所
观。盛年处房室。中夜起长叹。南越志曰。木难，金翅鸟沫所成碧色
珠也。玉帛不时安。安，定也。篇中复二难字。写美女如见君子品节。此不
专以华缛胜人。

白马篇

白马者，言人当立功为国。不可念私也。

白马饰金羁。连翩西北驰。借问谁家子。幽并游侠儿。少小
去乡邑。扬声沙漠垂。宿昔秉良弓。楛矢何参差。控弦破左的。
右发摧月支。仰手接飞猱。俯身散马蹄。狡捷过猴猿。勇剽若豹
螭。边城多警急。胡虏数迁移。羽檄从北来。厉马登高堤。长驱
蹈匈奴。左顾凌鲜卑。弃身锋刃端。性命安可怀。父母且不顾。
何言子与妻。名编壮士篇。不得中顾私。捐躯赴国难。视死忽
如归。

圣皇篇

圣皇应历数。正康帝道休。九州咸宾服。威德洞八幽。三公

奏诸公。不得久淹留。藩位任至重。旧章咸率由。侍臣省文奏。陛下体仁慈。沉吟有爱恋。不忍听可之。迫有官典宪。不得顾恩私。诸王当就国。玺绶何累缛。便时舍外殿。宫省寂无人。主上增顾念。皇母怀苦辛。何以为赠赐。倾府竭宝珍。文钱百亿万。采帛若烟云。乘舆服御物。锦罗与金银。龙旗垂九旒。羽盖参班轮。诸王自计念。无功荷厚德。思一效筋力。糜躯以报国。鸿胪拥节卫。副使随经营。贵戚并出送。夹道交辎軿。车服齐整设。韡烨曜天精。武骑卫前后。鼓吹箫笳声。祖道魏东门。泪下沾冠缨。攀盖因内顾。俯仰慕同生。行行将日暮。何时还阙庭。车轮为徘徊。四马踌躇鸣。路人尚酸鼻。何况骨肉情。处猜嫌疑贰之际。以执法归臣下。以恩赐归君上。此立言最得体处。王摩诘诗云。执政方持法。明君无此心。深得斯旨。何以为赠赐一段。极形君赐之盛。若夸耀不绝口者。然其情愈悲矣。

吁嗟篇

时法制待藩国峻迫。植十一年三徙都。故云。

吁嗟此转蓬。居世何独然。长去本根逝。夙夜无休闲。东西经七陌。南北越九阡。卒遇回风起。吹我入云间。自谓终天路。忽然下沈泉。惊飙接我出。故归彼中田。当南而更北。谓东而反西。宕宕当何依。忽亡而忽存。飘飘周八泽。连翩历五山。流转无恒处。谁知我苦艰。愿为中林草。秋随野火燔。糜灭岂不痛。愿与根荄连。迁转之痛。至愿归糜灭。情事有不忍言者矣。此而不怨。是愈疏也。陈思之怨。为独得其正云。

弃妇篇

石榴植前庭。绿叶摇缥青。丹华灼烈烈。璀璨有光荣。光荣晔流离。可以戏淑灵。有鸟飞来集。拊翼以悲鸣。悲鸣夫何为。丹华实不成。拊心常叹息。无子当归宁。有子月经天。无子若流星。天月相终始。流星没无精。栖迟失所宜。下与瓦石并。忧怀从中来。叹息通鸡鸣。反侧不能寐。逍遥于前庭。踟蹰还入房。肃肃帷幕声。搴帷更摄带。抚弦弹鸣筝。慷慨有余音。要妙悲且清。收泪长叹息。何以负神灵。招摇待霜露。何必春夏成。晚获为良实。愿君且安宁。怨而委之于命。可以怨矣。结希恩万一。情愈悲。词愈苦。篇中用韵。二庭字。二灵字。二鸣字。二成字。二宁字。

当来日大难

日苦短。乐有余。乃置玉樽办东厨。广情故。心相于。阖门置酒。和乐欣欣。游马后来。辕车解轮。今日同堂。出门异乡。别易会难。各尽杯觞。

野田黄雀行

高树多悲风。海水扬其波。利剑不在掌。结友何须多。不见篱间雀。见鹞自投罗。罗家得雀喜。少年见雀悲。拔剑捎罗网。黄雀得飞飞。飞飞摩苍天。来下谢少年。是游侠。亦是仁人。语悲而音爽。

当墙欲高行

龙欲升天须浮云。人之仕进待中人。众口可以铄金。谗言三至。慈母不亲。愦愦俗间。不辨伪真。愿欲披心自说陈。君门以九重。道远河无津。

赠徐幹

惊风飘白日。忽然归西山。圆景同影。光未满。众星粲以繁。志士营世业。小人亦不闲。聊且夜行游。游彼双阙间。文昌郁云兴。迎风高中天。春鸠鸣飞栋。流猋激棂轩。顾念蓬室士。贫贱诚足怜。薇藿弗充虚。皮褐犹不全。慷慨有悲心。兴文自成篇。宝弃怨何人。和氏有其愆。弹冠俟知己。知己谁不然。良田无晚岁。膏泽多丰年。亮怀璠玙美。积久德愈宣。亲交义在敦。申章复何言。文昌。魏殿名。迎风。观名。○良田。二句。喻有德者必荣也。

赠丁仪

初秋凉气发。庭树微销落。凝霜依玉除。清风飘飞阁。朝云不归山。霖雨成川泽。黍稷委畴陇。农夫安所获。在贵多忘贱。为恩谁能博。狐白足御冬。焉念无衣客。思慕延陵子。宝剑非所惜。子其宁尔心。亲交义不薄。

又赠丁仪王粲一首

从军度函谷。驱马过西京。山岑高无极。泾渭扬浊清。壮哉帝王居。佳丽殊百城。员阙出浮云。承露扢泰清。皇佐扬天惠。四海无交兵。权家虽爱胜。全国为令名。君子在末位。不能歌德声。丁生怨在朝。王子欢自营。欢怨非贞则。中和诚可经。西都赋曰。扢仙掌与承露。扢，摩也。概与扢古字通。○皇佐，谓太祖也。○权家，兵家也。○诗以议论胜。末进以中和。古人规箴有体。○家令谓子建函京之作。指此。

赠白马王彪

序曰。黄初四年正月。白马王、任城王与余俱朝京师。会节气到洛阳。任城王薨。至七月。与白马王还国。后有司以二王归藩。道路宜异宿止。意毒恨之。盖以大别在数日。是用自剖。与王辞焉。愤而成篇。

谒帝承明庐。逝将归旧疆。清晨发皇邑。日夕过首阳。伊洛广且深。欲济川无梁。泛舟越洪涛。怨彼东路长。顾瞻恋城阙。引领情内伤。太谷何寥廓。山树郁苍苍。霖雨泥我涂。流潦浩纵横。中逵绝无轨。改辙登高冈。修坂造云日。我马玄以黄。

玄黄犹能进。我思郁以纡。郁纡将何念。亲爱在离居。本图相与偕。中更不克俱。鸱枭鸣衡轭。豺狼当路衢。苍蝇间白黑。谗巧令亲疏。欲还绝无蹊。揽辔止踟蹰。

踟蹰亦何留。相思无终极。秋风发微凉。寒蝉鸣我侧。原野何萧条。白日忽西匿。归鸟赴高林。翩翩厉羽翼。孤兽走索群。衔草不遑食。感物伤我怀。抚心长太息。

太息将何为。天命与我违。奈何念同生。一往形不归。孤魂翔故域。灵柩寄京师。存者忽复过。亡没身自衰。人生处一世。去若朝露晞。年在桑榆间。影响不能追。自顾非金石。咄唶令心悲。此章乃一篇正意。置在孤兽索群下。章法绝佳。

心悲动我神。弃置莫复陈。丈夫志四海。万里犹比邻。恩爱苟不亏。在远分日亲。何必同衾帱。然后展殷勤。忧思成疾尔。无乃儿女仁。仓卒骨肉情。能不怀苦辛。此章无可奈何之词。人当极无聊后。每作此以强解也。

苦辛何虑思。天命信可疑。虚无求列仙。松子久吾欺。变故在斯须。百年谁能持。离别永无会。执手将何时。王其爱玉体。俱享黄发期。收泪即长路。援笔从此辞。末章如赋中之乱。几于生人作死别矣。

赠王粲

端坐苦愁思。揽衣起西游。树木发春华。清池激长流。中有孤鸳鸯。哀鸣求匹俦。我愿执此鸟。惜哉无轻舟。欲归忘故道。顾望但怀愁。悲风鸣我侧。羲和逝不留。重阴润万物。何惧泽不周。谁令君多念。自使怀百忧。

送应氏诗二首

步登北邙阪。遥望洛阳山。洛阳何寂寞。宫室尽烧焚。垣墙皆顿擗。荆棘上参天。不见旧耆老。但睹新少年。侧足无行径。荒畴不复田。游子久不归。不识陌与阡。中野何萧条。千里无人烟。念我平常居。气结不能言。时董卓迁献帝于西京。洛阳被烧。故诗中云然。

清时难屡得。嘉会不可常。天地无终极。人命若朝霜。愿得展嬿婉。我友之朔方。亲昵并集送。置酒此河阳。中馈岂独薄。宾饮不尽觞。爱至望苦深。岂不愧中肠。山川阻且远。别促会日长。愿为比翼鸟。施翮起高翔。

115

杂　诗

高台多悲风。朝日照北林。之子在万里。江湖迥且深。方舟安可极。离思故难任。孤雁飞南游。过庭长哀吟。翘思慕远人。愿欲托遗音。形影忽不见。翩翩伤我心。

转蓬离本根。飘飖随长风。何意回飙举。吹我入云中。高高上无极。天路安可穷。类此游客子。捐躯远从戎。毛褐不掩形。薇藿常不充。去去莫复道。沈忧令人老。<small>陈思最工起调。如高台多悲风。转蓬离本根之类是也。</small>

南国有佳人。容华若桃李。朝游江北岸。夕宿潇湘沚。时俗薄朱颜。谁为发皓齿。俯仰岁将暮。荣耀难久恃。

揽衣出中闺。逍遥步两楹。闲房何寂寞。绿草被阶庭。空室自生风。百鸟翔南征。春思安可忘。忧戚与我并。佳人在远道。妾身独单茕。欢会难再遇。芝兰不重荣。人皆弃旧爱。君岂若平生。寄松为女萝。依水如浮萍。束身奉衿带。朝夕不堕倾。傥终顾盼恩。永副我中情。

仆夫早严驾。吾将远行游。远游欲何之。吴国为我仇。将骋万里途。东路安足由。江介多悲风。淮泗驰急流。愿欲一轻济。惜哉无方舟。闲居非吾志。甘心赴国忧。<small>即自试表中意。</small>

七哀诗

<small>韵语阳秋。痛而哀。义而哀。感而哀。怨而哀。耳目闻见而哀。口叹而哀。鼻酸而哀。谓之七哀。</small>

明月照高楼。流光正徘徊。上有愁思妇。悲叹有余哀。借问

叹者谁。言是宕子妻。君行逾十年。孤妾常独栖。君若清路尘。妾若浊水泥。浮沉各异势。会合何时谐。愿为西南风。长逝入君怀。君怀良不开。贱妾当何依。此种大抵思君之辞。绝无华饰。性情结撰。其品最工。

情 诗

微阴翳阳景。清风飘我衣。游鱼潜绿水。翔鸟薄天飞。眇眇客行士。遥役不得归。始出严霜结。今来白露晞。游子叹黍离。处者歌式微。慷慨对嘉宾。凄怆内伤悲。

七步诗

世说新语。文帝尝令东阿王七步中作诗。不成者行大法。应声云云。帝有惭色。

煮豆持作羹。漉豉以为汁。萁在釜中然。豆在釜中泣。本是同根生。相煎何太急。至性语。贵在质朴。一本只作四句。略有异同。

古诗源卷六

魏　诗

王　粲

赠蔡子笃诗

蔡睦、字子笃。为尚书。仲宣与之同避难荆州。子
笃还。仲宣作此赠之。

翼翼飞鸾。载飞载东。我友云徂。言戾旧邦。舫舟翩翩。以
溯大江。蔚矣荒涂。时行靡通。慨我怀慕。君子所同。悠悠世
路。乱离多阻。济岱江行。邈焉异处。风流云散。一别如雨。人
生实难。愿其弗与。瞻望遐路。允企伊仁。烈烈冬日。肃肃凄
风。潜鳞在渊。归雁载轩。苟非鸿雕。孰能飞翻。虽则追慕。予
思罔宣。瞻望东路。惨怆增叹。率彼江流。爰逝靡期。君子信
誓。不迁于时。及子同寮。生死固之。何以赠行。言授斯诗。中
心孔悼。涕泪涟洏。嗟尔君子。如何勿思。

七哀诗

西京乱无象。豺虎方遘患。复弃中国去。远身适荆蛮。亲戚

古诗源

对我悲。朋友相追攀。出门无所见。白骨蔽平原。路有饥妇人。抱子弃草间。顾闻号泣声。挥涕独不还。未知身死处。何能两相完。驱马弃之去。不忍听此言。南登霸陵岸。回首望长安。悟彼下泉人。喟然伤心肝。未知身死处二句。妇人之词。此杜少陵无家别垂老别诸篇之祖也。隐侯谓仲宣霸岸之篇。指此。

荆蛮非吾乡。何为久滞淫。方舟溯大江。日暮愁我心。山冈有余暎。岩阿增重阴。狐狸驰赴穴。飞鸟翔故林。流波激清响。猴猿临岸吟。迅风拂裳袂。白露沾衣襟。独夜不能寐。摄衣起抚琴。丝桐感人情。为我发悲音。羁旅无终极。忧思壮难任。

边城使心悲。昔我亲更之。冰雪截肌肤。风飘无止期。百里不见人。草木谁当迟。与治同。平声。登城望亭隧。翩翩飞戍旗。行者不顾反。出门与家辞。子弟多俘虏。哭泣无已时。天下尽乐土。何为久留兹。蓼虫不知辛。去来勿与谘。

陈　琳

饮马长城窟行

饮马长城窟。水寒伤马骨。往谓长城吏。慎莫稽留太原卒。官作自有程。举筑谐汝声。男儿宁当格斗死。何能怫郁筑长城。长城何连连。连连三千里。边城多健少。内舍多寡妇。作书与内舍。便嫁莫留住。善侍新姑嫜。时时念我故夫子。报书往边地。君今出语一何鄙。身在祸难中。何为稽留他家子。生男慎莫举。生女哺用脯。君独不见长城下。死人骸骨相撑拄。结发行事君。慊慊心意间。明知边地苦。贱妾何能久自全。举筑谐汝声。言同声用力也。○作书与内舍。健少作也。报书往边地二句。内舍答书也。身在

122

祸难中六句。又健少之词。结发行事君四句。又内舍之词。无问答之痕。而神理井然。可与汉乐府竞爽矣。

刘 桢

赠从弟三首

泛泛东流水。磷磷水中石。萍藻生其涯。华纷何扰弱。采之荐宗庙。可以羞嘉客。岂无园中葵。懿此出深泽。

亭亭山上松。瑟瑟谷中风。风声一何盛。松枝一何劲。冰霜正惨凄。终岁常端正。岂不罹凝寒。松柏有本性。

凤凰集南岳。徘徊孤竹根。于心有不厌。奋翅凌紫氛。岂不常勤苦。羞与黄雀群。何时当来仪。将须圣明君。赠人之作。通用比体。亦是一格。

徐 幹

室 思

人靡不有初。想君能终之。别来历年岁。旧恩何可期。重新而忘故。君子所犹讥。寄声虽在远。岂忘君须臾。既厚不为薄。想君时见思。此托言闺人之词也。自处于厚。而望君不薄。情极深至。

杂 诗

浮云何洋洋。愿因通我词。飘飘不可寄。徙倚徒相思。人离皆复会。君独无返期。自君之出矣。明镜暗不治。思君如流水。何有穷已时。*末四句后人拟者多矣。总逊其自然。*

应 玚

侍五官中郎将建章台集诗一首

建安十六年。天子命世子丕为五官中郎将。

朝雁鸣云中。音响一何哀。问子游何乡。戢翼正徘徊。言我寒门来。将就衡阳栖。往春翔北土。今冬客南淮。远行蒙霜雪。毛羽日摧颓。常恐伤肌骨。身陨沉黄泥。简珠堕沙石。何能中自谐。欲因云雨会。濯翼陵高梯。良遇不可值。伸眉路何阶。公子敬爱客。乐饮不知疲。和颜既以畅。乃肯顾细微。赠诗见存慰。小子非所宜。为且极欢情。不醉其无归。凡百敬尔位。以副饥渴怀。*简珠，喻君子。沙石，喻小人。淮南子曰。周之简珠。产于垢土。简，大也。〇魏人公讌。俱极平庸。后人应酬诗从此开出。篇中代雁为词。音调悲切。异于众作。存此以备一格。*

别 诗

朝云浮四海。日暮归故山。行役怀旧土。悲思不能言。悠悠涉千里。未知何时旋。

应璩

百一诗

　　百一诗序曰。时谓曹爽曰。今公闻周公巍巍之称。安知百虑有一失乎。百一之名取此。○璩诗百余篇。大率讽刺时事。

　　下流不可处。君子慎厥初。名高不宿著。易用受侵诬。前者隳官去。有人适我闾。田家无所有。酌醴焚枯鱼。问我何功德。三入承明庐。所占于此土。是谓仁智居。文章不经国。筐箧无尺书。用等称才学。往往见叹誉。避席跪自陈。贱子实空虚。宋人遇周客。惭愧靡所如。下流一章。自侮也。○问我何功德。至往往见叹誉。皆问者之词。下四句自答。○遇周客。指宋之愚人宝燕石事。

杂诗

　　细微苟不慎。堤溃自蚁穴。腠理早从事。安复劳针石。哲人睹未形。愚夫暗明白。曲突不见宾。焦烂为上客。思愿献良规。江海倘不逆。狂言虽寡善。犹有如鸡跖。鸡跖食不已。齐王为肥泽。进言听言意。愈隐愈显。

缪 袭

克官渡

晋书乐志曰。改汉上之回为克官渡。言曹公与袁绍
战。破之于官渡也。

克绍官渡由白马。僵尸流血被原野。贼众如犬羊。王师尚
寡。沙塠傍。风飞扬。转战不利士卒伤。今日不胜后何望。土山
地道不可当。卒胜大捷震冀方。屠城破邑。神武遂章。音节自佳。

定武功

改汉战城南为定武功。言曹公初破邺。武功之定。
始乎此也。

定武功。济黄河。河水汤汤。旦暮有横流波。袁氏欲衰。兄
弟寻干戈。决漳水。水流滂沱。嗟城中。如流鱼。谁能复顾室
家。计穷虑尽。求来连和。和不时。心中忧戚。贼众内溃。君臣
奔北。拔邺城。奄有魏国。王业艰难。览观古今。可为长叹。

屠柳城

改汉巫山高为屠柳城。言曹公越北塞。历白檀。破
二郡乌桓于柳城也。

屠柳城。功诚难。越度陇塞。路漫漫。北逾冈平。但闻悲风
正酸。蹋顿授首。遂登白狼山。神武慹海外。永无北顾患。慹，
音质。怖也。汉朱博传。豪强慹服。

战荥阳

改汉思非翁为战荥阳。言曹公也。

战荥阳。汴水陂。戎士愤怒。贯甲驰。阵未成。退徐荣。二
万骑。堙垒平。戎马伤。六军惊。势不集。众几倾。白日没。时
晦冥。顾中牟。心屏营。同盟疑。计无成。赖我武皇。万国宁。

挽　歌

生时游国都。死没弃中野。朝发高堂上。暮宿黄泉下。白日
入虞渊。悬车息驷马。造化虽神明。安能复存我。形容稍歇灭。
齿发行当堕。自古皆有然。谁能离此者。

左延年

从军行

亦作汉词。

苦哉边地人。一岁三从军。三子到敦煌。二子诣陇西。叶。
五子远斗去。五妇皆怀身。

阮　籍

咏　怀

　　阮公咏怀。反复零乱。兴寄无端。和愉哀怨。杂集
于中。令读者莫求归趣。此其为阮公之诗也。必求时事
以实之。则凿矣。〇其原自离骚来。

　　夜中不能寐。起坐弹鸣琴。薄帷鉴明月。清风吹我襟。孤鸿
号外野。翔鸟鸣北林。徘徊将何见。忧思独伤心。

　　二妃游江滨。逍遥顺风翔。交甫怀环珮。婉娈有芬芳。猗靡
情欢爱。千载不相忘。倾城迷下蔡。容好结中肠。感激生忧思。
萱草树兰房。膏沐为谁施。其雨怨朝阳。如何金石交。一旦更离
伤。即未见好德如好色意。

　　嘉树下成蹊。东园桃与李。秋风吹飞藿。零落从此始。繁华
有憔悴。堂上生荆杞。驱马舍之去。去上西山趾。一身不自保。
何况恋妻子。凝霜被野草。岁暮亦云已。岁暮，隐指时乱也。一结见
否终则倾。有去之恐不速意。

　　平生少年时。轻薄好弦歌。西游咸阳中。赵李相经过。娱乐未
终极。白日忽蹉跎。驱车复来归。反顾望三河。黄金百镒尽。资用
常苦多。北临太行道。失路将如何。汉成帝数微行。近幸小臣。赵李从
微贱专宠。此借言游侠之俦也。颜延年注谓赵飞燕。李夫人。恐不可从。

　　昔闻东陵瓜。近在青门外。连畛距阡陌。子母相钩带。五色
耀朝日。嘉宾四面会。膏火自煎熬。多财为患害。布衣可终身。
宠禄岂足赖。

　　灼灼西隤日。余光照我衣。回风吹四壁。寒鸟相因依。周周

尚衔羽。蛩蛩亦念饥。如何当路子。磬折忘所归。岂为夸誉名。憔悴使心悲。宁与燕雀翔。不随黄鹄飞。黄鹄游四海。中路将安归。周周，鸟名。衔羽而饮。蛩蛩，亦作邛邛。兽名。相并而行。〇此章为知进而不知退者言。末见已非冲天之质。宜相随燕雀。不宜与黄鹄并举也。盖鄙之之词。〇韵用二归字。

步出上东门。北望首阳岑。下有采薇士。上有嘉树林。良辰在何许。凝霜沾衣襟。寒风振山冈。玄云起重阴。鸣雁飞南征。鹍鹉发哀音。素质由商声。凄怆伤我心。隐侯曰。致此雕素之质。由于商声用事秋时也。游，字应作由。古人字类无定也。

湛湛长江水。上有枫树林。皋兰被径路。青骊逝骎骎。远望令人悲。春气感我心。三楚多秀士。朝云进荒淫。朱华振芬芳。高蔡相追寻。一为黄雀哀。泪下谁能禁。末四句隐用庄辛谏楚王语意。

开秋兆凉气。蟋蟀鸣床帷。感物怀殷忧。悄悄令心悲。多言焉所告。繁辞将诉谁。微风吹罗袂。明月耀清晖。晨鸡鸣高树。命驾起旋归。多言繁辞二语。重言之。

昔年十四五。志尚好诗书。被褐怀珠玉。颜闵相与期。开轩临四野。登高望所思。丘墓蔽山冈。万代同一时。千秋万岁后。荣名安所之。乃悟羡门子。噭噭今自嗤。翻荣名以为宝句。噭噭，指颜，闵相与期也。

裴徊蓬池上。还顾望大梁。绿水扬洪波。旷野莽茫茫。走兽交横驰。飞鸟相随翔。是时鹑火中。日月正相望。朔风厉严寒。阴气下微霜。羁旅无俦匹。俯仰怀哀伤。小人计其功。君子道其常。岂惜终憔悴。咏言著斯章。君子通其常。往往憔悴。然岂缘此为惜乎。是真能立志砥节者。君子道其常。小人计其功。本孙卿子语。

独坐空堂上。〇谁可与欢者。出门临永路。不见行车马。登高望九州。悠悠分旷野。孤鸟西北飞。离兽东南下。日暮思亲友。晤言用自写。

悬车在西南。羲和将欲倾。流光耀四海。忽忽至夕冥。朝为咸池晖。蒙汜受其荣。岂知穷达士。一死不再生。视彼桃李花。谁能久荧荧。君子在何许。叹息未合并。瞻仰景山松。可以慰吾情。

西方有佳人。皎若白日光。被服纤罗衣。左右珮双璜。修容耀姿美。顺风振微芳。登高眺所思。举袂当朝阳。寄颜云霄间。挥袖凌虚翔。飘飖恍惚中。流盼顾我傍。悦怿未交接。晤言用感伤。

于心怀寸阴。羲阳将欲冥。挥袂抚长剑。仰观浮云征。云间有玄鹤。抗志扬哀声。一飞冲青天。旷世不再鸣。岂与鹑鷃游。连翩戏中庭。旷世不再鸣。犹王仲淹献策后。不复再出也。为高士写照。后凤凰一章。有子欲居九夷意。

驾言发魏都。南向望吹台。箫管有遗音。梁王安在哉。战士食糟糠。贤者处蒿莱。歌舞曲未终。秦兵已复来。夹林非吾有。朱宫生尘埃。军败华阳下。身竟为土灰。

朝阳不再盛。白日忽西幽。去此若俯仰。如何似九秋。人生若尘露。天道邈悠悠。齐景升丘山。涕泗纷交流。孔圣临长川。惜逝忽若浮。去者余不及。来者吾不留。愿登太华山。上与松子游。渔父知世患。乘流泛轻舟。

儒者通六艺。立志不可干。违礼不为动。非法不肯言。渴饮清泉流。饥食并一箪。岁时无以祀。衣服常苦寒。屣履咏南风。缊袍笑华轩。信道守诗书。义不受一餐。烈烈褒贬辞。老氏用长叹。儒者守义。老氏守雌。道既不同。宜闻言而长叹也。魏晋人崇尚老庄。然此诗言各从其志。无进退两家意。

林中有奇鸟。自言是凤凰。清朝饮醴泉。日夕栖山冈。高鸣彻九州。延颈望八荒。适逢商风起。羽翼自摧藏。一去昆仑西。何时复回翔。但恨处非位。怆恨使心伤。凤凰本以鸣国家之盛。今九州八荒。无可展翅。而远去昆仑之西。于洁身之道得矣。其如处非其位何。所以怆然心伤也。

出门望佳人。佳人岂在兹。三山招松乔。万世谁与期。存亡有长短。慷慨将焉知。忽忽朝日隤。行行将何之。不见季秋草。摧折在今时。颜延年曰。说者谓阮籍在晋文代。常虑祸患。故发此咏。看来诸咏非一时所作。因情触景。随兴寓言。有说破者。有不说破者。忽哀忽乐。俶诡不羁。○十九首后。复有此种笔墨。文章一转关也。○咏怀诗当领其大意。不必逐章分解。

大人先生歌

天地解兮六合开。星辰陨兮日月颓。我腾而上将何怀。

嵇　康

　　叔夜四言。时多俊语。不摹仿三百篇。允为晋人先声。

杂　诗

　　微风清扇。云气四除。皎皎亮月。丽于高隅。兴命公子。携手同车。龙骥翼翼。扬镳踟躇。肃肃宵征。造我友庐。光灯吐辉。华幔长舒。鸾觞酌醴。神鼎烹鱼。弦超子野。叹过绵驹。流咏太素。俯赞玄虚。孰克英贤。与尔剖符。言咏赞道妙。游心恬漠。谁能以英贤之德。与尔分符而仕乎。

赠秀才入军

　　从兄秀才公穆。即熹也。

131

良马既闲。丽服有晖。左揽繁弱。右接忘归。风驰电逝。蹑景追飞。凌厉中原。顾盼生姿。携我好仇。载我轻车。南凌长阜。北厉清渠。仰落惊鸿。俯引渊鱼。盘于游田。其乐只且。新序曰。楚王载繁弱之弓。忘归之矢。以射兕于云梦。

轻车迅迈。息彼长林。春木载荣。布叶垂阴。习习谷风。吹我素琴。咬音交。咬黄鸟。顾俦弄音。感悟驰情。思我所钦。心之忧矣。永啸长吟。

浩浩洪流。带我邦畿。萋萋绿林。奋荣扬晖。鱼龙瀺灂。山鸟群飞。驾言出游。日夕忘归。思我良朋。如渴如饥。愿言不获。怆矣其悲。

息徒兰圃。秣马华山。流磻平皋。垂纶长川。目送归鸿。手挥五弦。俯仰自得。游心太玄。嘉彼钓叟。得鱼忘筌。郢人逝矣。谁与尽言。

闲夜肃清。朗月照轩。微风动袿。组账高褰。旨酒盈樽。莫与交欢。鸣琴在御。谁与鼓弹。仰慕同趣。其馨如兰。佳人不存。能不永叹。首章赠入军。以下皆相思之词。〇共十九章。此系节录。

幽愤诗

晋书。康与吕安善。安后为兄所枉诉。以事系狱。词相证引。遂收康。康乃作此诗。

嗟余薄祜。少遭不造。哀茕靡识。越在襁褓。母兄鞠育。有慈无威。恃爱肆姐,子豫反。不训不师。爱及冠带。凭宠自放。抗心希古。任其所尚。托好老庄。贱物贵身。志在守朴。养素全真。曰余不敏。好善暗人。子玉之败。屡增维尘。大人含弘。藏垢怀耻。民之多僻。政不由己。惟此褊心。显明臧否。感悟思愆。怛若创痏。欲寡其过。谤议沸腾。性不伤物。频致怨憎。昔惭柳惠。今愧孙登。内负宿心。外恶良朋。仰慕严郑，乐道闲居。与世无营。神气晏如。咨予不淑。婴累多虞。匪降自天。实由顽疏。理弊患结。卒致囹圄。对答鄙讯。絷此幽阻。实耻讼冤。时不我与。虽曰义直。神辱志沮。澡身沧浪。岂曰能补。嗷嗷鸣雁。奋翼北游。顺时而动。得意忘忧。嗟我愤叹。曾莫能俦。事与愿违。遘兹淹留。穷达有命。亦又何求。古人有言。善莫近名。奉时恭默。咎悔不生。万石周慎。安亲保荣。世务纷纭。只搅予情。安乐必诫。乃终利贞。煌煌灵芝。一年三秀。予独何为。有志不就。惩难思复。心焉内疚。庶勖将来。无馨无臭。采薇山阿。散发岩岫。永啸长吟。颐性养寿。通篇直直叙去。自怨自艾。若隐若晦。好善暗人。牵引之由也。显明臧否。得祸之由也。至云澡身沧浪。岂曰能补。悔恨之词切矣。末托之颐性养寿。正恐未必能然之词。华亭鹤唳。隐然言外。○肆姐。恣肆也。○季札谓叔孙穆子曰。子好善而不能择人。好善暗人。悔与吕安交也。○孙登谓嵇康曰。子才多识寡。难乎免于今之世也。○严郑。谓严君平、郑子真。万石周慎。指万石君奋子郎中令建。周、至也。

杂歌谣辞

吴　谣

附○吴志。周瑜精意音乐。三爵之后。有阙误。瑜必知之。知之必顾。时人语曰。

曲有误。周郎顾。

孙皓天纪中童谣

　　晋书五行志。孙皓天纪中童谣。晋武闻之。加王濬
龙骧将军。及征吴。江西众军无过者。而濬先定秣陵。

　　阿童复阿童。衔刀游渡江。不畏岸上虎。但畏水中龙。

古诗源卷七

晋　诗

司马懿

宴饮诗

晋书。高祖伐公孙渊。过温。见父老故旧。燕饮累日。作歌。

天地开辟。日月重光。遭逢际会。奉辞遐方。将扫逋秽。还过故乡。肃清万里。总齐八荒。告成归老。待罪武阳。

张　华

茂先诗。诗品谓其儿女情多。风云气少。此亦不尽然。总之笔力不高。少凌空矫捷之致。

励志诗

太仪斡运。天回地游。四气鳞次。寒暑环周。星火既夕。忽焉素秋。凉风振落。熠耀宵流。

吉士思秋。实感物化。日与月与。荏苒代谢。逝者如斯。曾无日夜。嗟尔庶士。胡宁自舍。

仁道不遐。德辎如羽。求焉斯至。众鲜克举。大猷玄漠。将抽厥绪。先民有作。遗我高矩。

虽有淑姿。放心纵逸。田般于游。居多暇日。如彼梓材。弗勤丹漆。虽劳朴斫。终负素质。

养由矫矢。兽号于林。蒲卢萦缴。神感飞禽。末技之妙。动物应心。研精耽道。安有幽深。

安心恬荡。栖志浮云。体之以质。彪之以文。如彼南亩。力未既勤。蔍菱致功。必有丰殷。

水积成渊。载澜载清。土积成山。歊蒸郁冥。山不让尘。川不辞盈。勉致含弘。以隆德声。

高以下基。洪由纤起。川广自源。成人在始。累微以著。乃物之理。缰牵之长。实累千里。

复礼终朝。天下归仁。若金受砺。若泥在钧。进德修业。辉光日新。隰朋仰慕。予亦何人。*养由基抚弓而盼。猿乃抱木而号。何者。诚在于心。而精通于物。见淮南子。○蒲卢，即蒲且也。蒲且子见双鸟过之。其不被弋者亦下。见汲冢书。○缰牵，索也。千里之马。系以长索。则为累矣。见国策。*

答何劭

吏道何其迫。窘然坐自拘。缨緌为徽缠。文宪焉可逾。恬旷苦不足。烦促每有余。良朋贻新诗。示我以游娱。穆如洒清风。奂若春华敷。自昔同寮寀。于今比园庐。衰夕近辱殆。庶几并悬舆。散发重阴下。抱杖临清渠。属耳听莺鸣。流目玩儵鱼。从容养余日。取乐于桑榆。

情　诗

清风动帷帘。晨月照幽房。佳人处遐远。兰室无容光。襟怀
拥虚景。轻衾覆空床。居欢惜夜促。在戚怨宵长。拊枕独啸叹。
感慨心内伤。

游目四野外。逍遥独延伫。兰蕙缘清渠。繁华荫绿渚。佳人
不在兹。取此欲谁与。巢居知风寒。穴处识阴雨。不曾远别离。
安知慕俦侣。秾丽之作。油然入人。茂先诗之上者。与葛生蒙楚诗同意。

杂　诗

暑度随天运。四时互相承。东壁正昏中。涸阴寒节升。繁霜
降当夕。悲风中夜兴。朱火青无光。兰膏坐自凝。重衾无暖气。
挟纩如怀冰。伏枕终遥夕。寤言莫予应。永思虑崇替。慨然独
拊膺。

傅　玄

休奕诗。聪颖处时带累句。大约长于乐府。而短于
古诗。

短歌行

长安高城。层楼亭亭。干云四起。上贯天庭。蜉蝣何整。行

139

如军征。蟋蟀何感。中夜哀鸣。蚍蜉愉乐。粲粲其荣。瘝瘝念之。谁知我情。昔君视我。如掌中珠。何意一朝。弃我沟渠。昔君与我。如影如形。何意一去。心如流星。昔君与我。两心相结。何意今日。忽然两绝。后三段笔力甚横。

明月篇

皎皎明月光。灼灼朝日晖。昔为春蚕丝。今为秋女衣。丹唇列素齿。翠彩发蛾眉。娇子多好言。欢合易为姿。玉颜盛有时。秀色随年衰。常恐新间旧。变故兴细微。浮萍本无根。非水将何依。忧喜更相接。乐极还自悲。

杂 诗

志士惜日短。愁人知夜长。摄衣步前庭。仰观南雁翔。玄景随形运。流响归空房。清风何飘飘。微月出西方。繁星依青天。列宿自成行。蝉鸣高树间。野鸟号东厢。纤云时仿佛。渥露沾我裳。良时无停景。北斗忽低昂。常恐寒节至。凝气结为霜。落叶随风摧。一绝如流光。清俊是选体。故昭明独收此篇。

杂 言

雷隐隐感妾心。倾耳清听非车音。点化长门赋中语。更觉敏妙。

吴楚歌

燕人美兮赵女佳。其室则迩兮限层崖。云为车兮风为马。玉在山兮兰在野。云无期兮风有止。思多端兮谁能理。

车遥遥篇

车遥遥兮马洋洋。追思君兮不可忘。君安游兮西入秦。愿为影兮随君身。君在阴兮影不见。君依光兮妾所愿。<small>乐府中极聪明语。开张、王一派。然出张、王手。语极恬熟。</small>

束　皙

补亡诗六章

序曰。皙与同业畴人。肄修乡饮之礼。然所咏之诗。或有义无词。音乐取节。阙而不备。于是遥想既往。存思在昔。补著其文。以缀旧制。

南　陔

<small>南陔,孝子相戒以养也。</small>

循彼南陔。言采其兰。眷恋庭闱。心不遑安。彼居之子。罔或游盘。馨尔夕膳。洁尔晨餐。循彼南陔。厥草油油。彼居之子。色思其柔。眷恋庭闱。心不遑留。馨尔夕膳。洁尔晨羞。有獭有獭。在河之涘。凌波赴汩。噬鲂捕鲤。噭噭林乌。受哺于子。养隆敬薄。惟禽之似。勖增尔虔。以介丕祉。<small>彼居之子。居、谓未仕者。○色思其柔。即色难注脚。养隆敬薄。即不敬何以别注脚。○首</small>

言养。次言色。末言敬。

白 华

白华，孝子之洁白也。

白华朱萼。被于幽薄。粲粲门子。知磨如错。终晨三省。匪惰其恪。白华绛跗。在陵之陬。茜茜士子。涅而不渝。竭诚尽敬。亹亹忘劬。白华玄足。在丘之曲。堂堂处子。无营无欲。鲜侔晨葩。莫之点辱。周礼曰。正室谓之门子。郑玄曰。正室适子。将代父当门者。处子。即处士也。

华 黍

华黍，时和岁丰。宜黍稷也。

黱黱重云。辑辑和风。黍华陵巅。麦秀丘中。靡田不播。九谷斯丰。奕奕玄霄。濛濛甘溜。黍发稠华。亦挺其秀。靡田不殖。九谷斯茂。无高不播。无下不殖。芒芒其稼。参参其穑。稽我王委。充我民食。玉烛阳明。显猷翼翼。玄霄，玄云也。○稽、畜同。蔡泽传。力田稽积。○尔雅曰。四气和谓之玉烛。

由 庚

由庚，万物得由其道也。

荡荡夷庚。物则由之。蠢蠢庶类。王亦柔之。道之既由。化之既柔。木以秋零。草以春抽。兽在于草。鱼跃顺流。四时递谢。八风代扇。纤阿按晷。星变其躔。五纬不愆。六气无易。愔愔我王。绍文之迹。庚，训道也。夷庚，即王道荡荡，意。

崇 丘

崇丘。万物得极其高大也。

瞻彼崇丘。其林蔼蔼。植物斯高。动类斯大。周风既洽。王猷允泰。漫漫方舆。回回洪覆。去声。何类不繁。何生不茂。物极其性。人永其寿。恢恢大圜。茫茫九壤。资生仰化。于何不养。人无道夭。物极则长。庄子曰。终天年而不中道夭者。是智之盛也。

由 仪

由仪，万物之生各得其仪也。

肃肃君子。由仪率性。明明后辟。仁以为政。鱼游清沼。鸟萃平林。濯鳞鼓翼。振振其音。宾写尔诚。主竭其心。时之和矣。何思何修。文化内辑。武功外悠。时既和矣。何所思虑。何所修治。惟以文化辑和于内。武功加于外远也。写由仪意极正大。六章不类周雅。然清和润泽。自是有道之言。

司马彪

杂　诗

百草应节生。含气有深浅。秋蓬独何辜。飘飖随风转。长飙一飞薄。吹我之四远。搔首望故株。邈然无由返。

陆　机

士衡诗亦推大家。然意欲逞博。而胸少慧珠。笔又不足以举之。遂开出排偶一家。西京以来。空灵矫健之气。不复存矣。降自梁陈。专工队仗。边幅复狭。令阅者白日欲卧。未必非士衡为之滥觞也。兹特取能运动者十二章。见士衡诗中。亦有不专堆垛者。〇谢康乐诗。亦多用排。然能造意。便与潘、陆辈迥别。〇士衡以名将之后。破国亡家。称情而言。必多哀怨。乃词旨敷浅。但工涂泽。复何贵乎。〇苏、李十九首。每近于风。士衡辈以作赋之体行之。所以未能感人。〇文赋云。诗缘情而绮靡。殊非诗人之旨。

短歌行

置酒高堂。悲歌临觞。人寿几何。逝如朝霜。时无重至。华不再阳。苹以春晖。兰以秋芳。来日苦短。去日苦长。今我不乐。蟋蟀在房。乐以会兴。悲以别章。岂曰无感。忧为子忘。我酒既旨。我肴既臧。短歌有咏。长夜无荒。词亦清和。而雄气逸响。杳不可寻。

陇西行

我静如镜。民动如烟。事以形兆。应以象悬。岂曰无才。世鲜兴贤。

猛虎行

渴不饮盗泉水。热不息恶木阴。恶木岂无枝。志士多苦心。整驾肃时命。杖策将远寻。饥食猛虎窟。寒栖野雀林。日归功未建。时往岁载阴。崇云临岸驶。鸣条随风吟。静言幽谷底。长啸高山岑。急弦无懦响。亮节难为音。人生诚未易。曷云开此衿。眷我耿介怀。俯仰愧古今。尸子曰。孔子至于胜母。莫矣而不宿。过于盗泉。渴矣而不饮。恶其名也。○江遵文释引管子曰。士怀耿介之心。不荫恶木之枝。○起用六字句。最见奇峭。此士衡变体。

塘上行

江篱生幽渚。微芳不足宣。被蒙风云会。移居华池边。发藻玉台下。垂影沧浪泉。沾润既已渥。结根奥且坚。四节逝不处。繁华难久鲜。淑气与时殒。余芳随见捐。天道有迁易。人理无常全。男欢智倾愚。女爱衰避妍。不惜微躯退。但惧苍蝇前。愿君广末光。照妾薄暮年。亦是平韵。而音旨自婉。

拟明月何皎皎

安寝北堂上。明月入我牖。照之有余辉。揽之不盈手。凉风绕曲房。寒蝉鸣高柳。踟蹰感物节。我行永已久。游宦会无成。离思难常守。

拟明月皎夜光

岁暮凉风发。昊天肃明月。招摇西北指。天汉东南倾。朗月照闲房。蟋蟀吟户庭。翻翻归雁集。嘒嘒寒蝉鸣。畴昔同宴友。翰飞戾高冥。服美改声听。居愉遗旧情。织女无机杼。大梁不架楹。尔雅曰。大梁，昴星也。末二句总言有名无实。与汉人原词意同。

招隐诗

明发心不夷。振衣聊踟蹰。踟蹰欲安之。幽人在浚谷。朝采南涧藻。夕息西山足。轻条象云构。密叶成翠幄。激楚伫兰林。回芳薄秀木。山溜何泠泠。飞泉漱鸣玉。哀音附灵波。颓响赴曾曲。至乐非有假。安事浇淳朴。富贵苟难图。税驾从所欲。必富贵难图而始税驾。见已晚矣。士衡进退。所以不无可议。

赠冯文罴

昔与二三子。游息承华南。拊翼同枝条。翻飞各异寻。苟无凌风翮。徘徊守故林。慷慨谁为感。愿言怀所钦。发轸清洛汭。驱马大河阴。伫立望朔涂。悠悠迥且深。分索古所悲。志士多苦心。悲情临川结。苦言随风吟。愧无杂佩赠。良讯代兼金。夫子茂远猷。款诚寄惠音。

为顾彦先赠妇

辞家远行游。悠悠三千里。京洛多风尘。素衣化为缁。修身悼忧苦。感念同怀子。隆思乱心曲。沉欢滞不起。欢沉难克兴。心乱谁为理。愿假归鸿翼。翻飞浙江汜。

东南有思妇。长叹充幽闼。借问叹何为。佳人眇天末。游宦久不归。山川修且阔。形影参商乖。音息旷不达。离合非有常。譬彼弦与笮。愿保金石躯。慰妾长饥渴。上章赠妇。下章妇答。古有此体。

赴洛道中作

总辔登长路。呜咽辞密亲。借问子可之。世网婴我身。永叹遵北渚。遗思结南津。行行遂已远。野途旷无人。山泽纷纡余。林薄杳阡眠。虎啸深谷底。鸡鸣高树巅。哀风中夜流。孤兽更我前。悲情触物感。沉思郁缠绵。伫立望故乡。顾影凄自怜。

远游越山川。山川修且广。振策陟崇丘。案辔遵平莽。夕息抱影寐。朝徂衔思往。顿辔倚嵩岩。侧听悲风响。清露坠素辉。明月一何朗。抚枕不能寐。振衣独长想。二章稍见凄切。

陆　云

诗与士衡亦复伯仲。

谷　风

闲居外物。静言乐幽。绳枢增结。瓮牖绸缪。和神当春。清节为秋。天地则尔。户庭已悠。和神二语。即庄子暖然似春。凄然似秋意。

为顾彦先赠妇

我在三川阳。子居五湖阴。山海一何旷。譬彼飞与沉。目想清慧姿。耳存淑媚音。独寐多远念。寤言抚空衿。彼美同怀子。非尔谁为心。

悠悠君行迈。茕茕妾独止。山河安可逾。永路隔万里。京室多妖冶。粲粲都人子。雅步擢纤腰。巧言发皓齿。佳丽良可美。衰贱焉足纪。远蒙眷顾言。衔恩非望始。亦上章赠妇。下章妇答。

潘　岳

安仁诗品。又在士衡之下。兹特取悼亡二诗。格虽不高。其情自深也。○安仁党于贾后。谋杀太子遹与有力焉。人品如此。诗安得佳。○潘陆诗如翦彩为花。绝少生韵。故所收从略。

悼亡诗

荏苒冬春谢。寒暑忽流易。之子归穷泉。重壤永幽隔。私怀谁克从。淹留亦何益。僶俛恭朝命。回心反初役。望庐思其人。入室想所历。帏屏无仿佛。翰墨有余迹。流芳未及歇。遗挂犹在壁。怅恍如或存。周遑忡惊惕。如彼翰林鸟。双栖一朝只。如彼游川鱼。比目中路析。春风缘隙来。晨溜承檐滴。寝息何时忘。沉忧日盈积。庶几有时衰。庄缶犹可击。周遑忡惊惕五字。颇不成句法。○如彼翰林鸟四语反浅。

皎皎窗中月。照我室南端。清商应秋至。溽暑随节阑。凛凛凉风升。始觉夏衾单。岂曰无重纩。谁与同岁寒。岁寒无与同。明月何胧胧。展转眄枕席。长簟竟床空。床空委清尘。室虚来悲风。独无李氏灵。仿佛睹尔容。抚衿长叹息。不觉泪沾胸。沾胸安能已。悲怀从中起。寝兴目存形。遗音犹在耳。上惭东门吴。下愧蒙庄子。赋诗欲言志。此志难具纪。命也可奈何。长戚自令鄙。列子曰。魏有东门吴者。子死而不忧。

张 翰

杂 诗

暮春和气应。白日照园林。青条若总翠。黄花如散金。嘉卉亮有观。顾此难久耽。延颈无良涂。顿足托幽深。荣与壮俱去。贱与老相寻。欢乐不照颜。惨怆发讴吟。讴吟何嗟及。古人可慰心。唐人以黄花如散金命题试士。士多以黄花为菊。合式者不满其数。

左 思

钟嵘评左诗。谓野于陆机。而深于潘岳。此不知太冲者也。太冲胸次高旷。而笔力又复雄迈。陶冶汉魏。自制伟词。故是一代作手。岂潘陆辈所能比坿。

杂　诗

秋风何冽冽。白露为朝霜。柔条旦夕劲。绿叶日夜黄。明月出云崖。皦皦流素光。披轩临前庭。嗷嗷晨雁翔。高志局四海。块然守空堂。壮齿不恒居。岁暮常慨慷。

咏史八首

弱冠弄柔翰。卓荦观群书。著论准过秦。作赋拟子虚。边城苦鸣镝。羽檄飞京都。虽非甲胄士。畴昔览穰苴。长啸激清风。志若无东吴。铅刀贵一割。梦想骋良图。左盼澄江湘。右盼定羌胡。功成不受爵。长揖归田庐。东吴，孙吴也。此自章言。

郁郁涧底松。离离山上苗。以彼径寸茎。荫此百尺条。世胄蹑高位。英俊沈下僚。地势使之然。由来非一朝。金张藉旧业。七叶珥汉貂。冯公岂不伟。白首不见招。荀悦汉纪曰。冯唐白首。屈于郎署。

吾希段干木。偃息藩魏君。吾慕鲁仲连。谈笑却秦军。当世贵不羁。遭难能解纷。功成耻受赏。高节卓不群。临组不肯绁。对珪宁肯分。连玺曜前庭。比之犹浮云。秦欲攻魏。司马康谏曰。段干木贤者。而魏礼之。毋乃不可乎。秦君以为然。乃止。见吕氏春秋。○幽通赋曰。干木偃息以藩魏。

济济京城内。赫赫王侯居。冠盖荫四术。朱轮竟长衢。朝集金张馆。暮宿许史庐。南邻击钟磬。北里吹笙竽。寂寂扬子宅。

门无卿相舆。寥寥空宇中。所讲在玄虚。言论准宣尼。辞赋拟相如。悠悠百世后。英名擅八区。

皓天舒白日。灵景耀神州。列宅紫宫里。飞宇若云浮。峨峨高门内。蔼蔼皆王侯。自非攀龙客。何为欻来游。被褐出阊阖。高步追许由。振衣千仞冈。濯足万里流。俯视千古。

荆轲饮燕市。酒酣气益震。平声 哀歌和渐离。谓若傍无人。虽无壮士节。与世亦殊伦。高眄邈四海。豪右何足陈。贵者虽自贵。视之若埃尘。贱者虽自贱。重之若千钧。

主父宦不达。骨肉还相薄。买臣困樵采。伉俪不安宅。陈平无产业。归来翳负郭。长卿还成都。壁立何寥廓。四贤岂不伟。遗烈光篇籍。当其未遇时。忧在填沟壑。英雄有迍邅。由来自古昔。何世无奇才。遗之在草泽。

习习笼中鸟。举翮触四隅。落落穷巷士。抱影守空庐。出门无通路。枳棘塞中涂。计策弃不收。块若枯池鱼。外望无寸禄。内顾无斗储。亲戚还相蔑。朋友日夜疏。苏秦北游说。李斯西上书。俯仰生荣华。咄嗟复雕枯。饮河期满腹。贵足不愿余。巢林栖一枝。可为达士模。言苏秦李斯。始不遇而继遇。终不得死所也。故有俯仰咄嗟之叹云。○太冲咏史。不必专咏一人。专咏一事，咏古人而已之性情俱见。此千秋绝唱也。后惟明远太白能之。

招隐二首

杖策招隐士。荒涂横古今。岩穴无结构。丘中有鸣琴。白云停阴冈。丹葩曜阳林。石泉漱琼瑶。纤鳞或浮沉。非必丝与竹。山水有清音。何事待啸歌。灌木自悲吟。秋菊兼糇粮。幽兰间重襟。踌躇足力烦。聊欲投吾簪。

经始东山庐。果下自成榛。前有寒泉井。聊可莹心神。峭茜青葱间。竹柏得其真。弱叶栖霜雪。飞荣流余津。爵服无常玩。好恶有屈伸。结绶生缠牵。弹冠去埃尘。惠连非吾屈。首阳非吾仁。相与观所尚。逍遥撰良辰。惠连、柳下惠少连也。

左贵嫔

啄木诗

南山有鸟。自名啄木。饥则啄树。暮则巢宿。无干于人。惟志所欲。性清者荣。性浊者辱。学问语。无蒙腐气。

张　载

七哀诗

北芒何累累。高陵有四五。借问谁家坟。皆云汉世主。恭文遥相望。原陵郁朊朊。委世丧乱起。贼盗如豺虎。毁坏过一坏。便房启幽户。珠柙离玉体。珍宝见剽虏。园寝化为墟。周墉无遗堵。蒙茏荆棘生。蹊径登童竖。狐兔窟其中。芜秽不复扫。叶。颓陇并垦发。萌颖营农圃。昔为万乘君。今为丘中土。感彼雍门言。凄怆哀往古。后汉书曰。葬孝安皇帝于恭陵。葬文帝于文陵。葬光武皇帝于原陵。〇董卓传。使吕布发诸帝陵。及公卿以下冢墓。收其宝玉。

张 协

杂 诗

秋夜凉风起。清气荡暄浊。蜻蜎吟阶下。飞蛾拂明烛。君子从远役。佳人守茕独。离居几何时。钻燧忽改木。房栊无行迹。庭草萋以绿。青苔依空墙。蜘蛛网四屋。感物多所怀。沉忧结心曲。

朝霞迎白日。丹气临旸谷。翳翳结繁云。森森散雨足。轻风摧劲草。凝霜竦高木。密叶日夜疏。丛林森如束。畴昔叹时迟。晚节悲年促。岁暮怀百忧。将从季主卜。

昔我资章甫。聊以适诸越。行行入幽荒。瓯骆从祝发。穷年非所用。此货将安设。瓸甒夸玙璠。鱼目笑明月。不见郢中歌。能否居然别。阳春无和者。巴人皆下节。流俗多昏迷。此理谁能察。庄子曰。楚人资章甫而适诸越。越人敦发文身。无所用之。注云。敦、断也。○汉立驺摇为东海王。都东瓯。驺、一作骆。祝发、祝亦断也。

大火流坤维。白日驰西陆。浮阳映翠林。回飙扇绿竹。飞雨洒朝兰。轻露栖丛菊。龙蛰暄气凝。天高万物肃。弱条不重结。芳蕤岂再馥。人生瀛海内。忽如鸟过目。川上之叹逝。前修以自勖。

述职投边城。羁束戎旅间。下车如昨日。望舒四五圆。借问此何时。蝴蝶飞南园。流波恋旧浦。行云思故山。闽越衣文虵。胡马愿度燕。土风安所习。由来有固然。

结宇穷冈曲。耦耕幽薮阴。荒庭寂以闲。幽岫峭且深。凄风起东谷。有渰兴南岑。虽无箕毕期。肤寸自成霖。泽雉登垄雊。

寒猿拥条吟。溪壑无人迹。荒楚郁萧森。投耒循岸垂。时闻樵采音。重基可拟志。回渊可比心。养真尚无为。道胜贵陆沉。游思竹素园。寄辞翰墨林。陆沉、譬如无水而沉也。见庄子。○东观书见竹素。

孙 楚

征西官属送于陟阳候作诗

征西扶风王骏。

晨风飘岐路。零雨被秋草。倾城远追送。饯我千里道。三命皆有极。咄嗟安可保。莫大于殇子。彭聃犹为夭。吉凶如纠缠。忧喜相纷绕。天地为我垆。万物一何小。达人垂大观。诚此苦不早。乖离即长衢。惆怅盈怀抱。孰能察其心。鉴之以苍昊。齐契在今朝。守之与偕老。黄帝曰。上寿百二十，中寿百年，下寿八十。是谓三命。○隐侯谓子荆零雨之章。指此。○送别诗以齐物作主。古人用意。不专粘著。此亦一体。

曹 摅

感旧诗

富贵他人合。贫贱亲戚离。廉蔺门易轨。田窦相夺移。晨风集茂林。栖鸟去枯枝。今我唯困蒙。群士所背驰。乡人敦懿义。

济济荫光仪。对宾颂有客。举觞咏露斯。临乐何所叹。素丝与路歧。殷浩坐废。韩康伯咏首二句。因而泣下。

王 赞

杂 诗

朔风动秋草。边马有归心。胡宁久分析。靡靡忽至今。王事离我志。殊隔过商参。昔往鸧鹒鸣。今来蟋蟀吟。人情怀旧乡。客鸟思故林。师涓久不奏。谁能宣我心。起得雄杰。隐侯谓正长朔风之句。指此。

郭泰机

答傅咸

皦皦白素丝。织为寒女衣。寒女虽妙巧。不得秉杼机。天寒知运速。况复雁南飞。衣工秉刀尺。弃我忽若遗。人不取诸身。世事焉所希。况复已朝餐。曷由知我饥。通体喻言。讽傅之不能荐己也。○老杜白丝行本此。

古诗源卷八

晋　诗

刘　琨

越石英雄失路。万绪悲凉。故其诗随笔倾吐。哀音无次。读者乌得于语名间求之。

答卢谌

琨顿首。损书及诗。备酸辛之苦言。畅经通之远旨。执玩反覆。不能释手。慨然以悲。欢然以喜。昔在少壮。未尝检括。远慕老庄之齐物。近嘉阮生之放旷。怪厚薄何从而生。哀乐何由而至。自顷辀张。困于逆乱。国破家亡。亲友凋残。负杖行吟。则百忧俱至。块然独坐。则哀愤两集。时复相与。举觞对膝。破涕为笑。排终身之积惨。求数刻之暂欢。譬由疾疢弥年。而欲一丸销之。其可得乎。夫才生于世。世实须才。和氏之璧。焉得独曜于郢握。夜光之珠。何得专玩于隋掌。天下之宝。当与天下共之。但分析之日。不能不怅恨耳。然后知聃周之为虚诞。嗣宗之为妄作也。昔骏骥倚辀于吴阪。长鸣于良乐。知与不知也。百里奚愚于虞而智于秦。遇与不遇也。今君遇之矣。勖之而已。不复

古诗源

属意于文。二十余年矣。久废则无次。想必欲其一反。故称去声。旨送一篇。适足以彰来诗之益美耳。琨顿首顿首。

厄运初遘。阳爻在六。乾象栋倾。坤仪舟覆。横厉纠纷。群妖竞逐。火燎神州。洪流华域。彼黍离离。彼稷育育。哀我皇晋。痛心在目。其一。

天地无心。万物同涂。祸淫莫验。福善则虚。逆有全邑。义无完都。英蕊夏落。毒卉冬敷。如彼龟玉。韫椟毁诸。刍狗之炎。其最得乎。其二。

咨余软弱。弗克负荷。协平韵。愆瘝仍彰。荣宠屡加。威之不建。祸延凶播。协平韵。忠陨于国。孝愆于家。斯罪之积。如彼山河。斯瘝之深。终莫能磨。其三。

郁穆旧姻。嫕婉新婚。裹粮携弱。匍匐星奔。未辍尔驾。已隳我门。二族偕覆。三孽并根。长惭旧孤。永负冤魂。其四。

亭亭孤干。独生无伴。绿叶繁缛。柔条修罕。朝采尔实。夕捋尔竿。协、公旦切。竿翠丰寻。逸珠盈椀。实消我忧。忧急用缓。逝将去乎。庭虚情满。其五。

虚满伊何。兰桂移植。茂彼春林。瘁此秋棘。有鸟翻飞。不遑休息。匪桐不栖。匪竹不食。永戢东羽。翰抚西翼。我之敬之。废欢辍职。其六。

音以赏奏。味以殊珍。文以明言。言以畅神。之子之往。四美不臻。澄醪覆觞。丝竹生尘。素卷莫启。幄无谈宾。既孤我德。又阙我邻。其七。

光光段生。出幽迁乔。资忠履信。武烈文昭。旐弓骍骍。舆马翘翘。乃奋长么。是謇是镳。何以赠子。竭心公朝。何以叙怀。引领长谣。其八。○前赵录。刘聪僭即位于平阳。遣从弟曜攻晋。破洛阳。遣子粲攻长安。陷之。首章指国破。○老子云。天地不仁。以万物为刍狗。二章谓天不祚晋。○汉书。王尊之子伯为京兆尹。软弱不胜。威之不

160

建二句。指为聪所败。而父母遇害。已遭祸而播迁也。三章指家亡。○晋书。琨妻即谌之从母也。新婚未详。○琨父母为令狐泥所害。谌父母为刘粲所害。故云二族偕覆。三孽谓琨兄三子。或谓刘聪、刘曜、刘粲。玩下二句。恐说不去。四章指途中奔窜。申上章意。○五章托喻己有资于谌。而谌又将之段匹䃅所也。逸珠、喻德。盈椀、多也。○六章喻谌之段所。犹凤之栖梧桐。食竹实。而已如秋辣之瘁。弥见可伤。○四美顶上音味文言。七章言己之孤特。亦申前意。○八章表段之忠信。见谌之托身得所。望其戮力王室。转危为安。收束通篇。感激豪宕。

重赠卢谌

握中有玄璧。本自荆山璆。惟彼太公望。昔在渭滨叟。平声。邓生何感激。千里来相求。白登幸曲逆。鸿门赖留侯。重耳任五贤。小白相射钩。苟能隆二伯。安问党与仇。中夜抚枕叹。想与数子游。吾衰久矣夫。何其不梦周。谁云圣达节。知命故不忧。宣尼悲获麟。西狩涕孔丘。功业未及建。夕阳忽西流。时哉不我与。去乎若云浮。朱实陨劲风。繁英落素秋。狭路倾华盖。骇驷摧双辀。何意百炼刚。化为绕指柔。邓生，邓禹也。二伯，桓文也。数子，谓太公以下也。○宣尼二句。重复言之。与阮籍多言焉所告。繁辞将诉谁。同一反覆申言之意。○拉杂繁会。自成绝调。

扶风歌

朝发广莫门。暮宿丹水山。左手弯繁弱。右手挥龙渊。顾瞻望宫阙。俯仰御飞轩。据鞍长叹息。泪下如流泉。系马长松下。发鞍高岳头。烈烈悲风起。泠泠涧水流。挥手长相谢。哽咽不能言。浮云为我结。归鸟为我旋。去家日已远。安知存与亡。慷慨穷林中。抱膝独摧藏。麋鹿游我前。猿猴戏我侧。资粮既乏尽。

薇蕨安可食。揽辔命徒侣。吟啸绝岩中。君子道微矣。夫子故有穷。惟昔李骞期。寄在匈奴庭。忠信反获罪。汉武不见明。我欲竟此曲。此曲悲且长。弃置勿重陈。重陈令心伤。悲凉酸楚。亦复不知所云。

卢　谌

答魏子悌

崇台非一干。珍裘非一腋。多士成大业。群贤济弘绩。遇蒙时来会。聊齐朝彦迹。顾此腹背羽。愧彼排虚翮。寄身荫四岳。托好凭三益。倾盖虽终朝。大分迈畴昔。在危每同险。处安不异易。叶亦。俱涉晋昌艰。共更飞狐厄。恩由契阔生。义随周旋积。岂谓乡曲誉。谬充本州役。乖离令我感。悲欣使情惕。理以精神通。匪曰形骸隔。妙诗申笃好。清义贲幽赜。恨无随侯珠。以酬荆文璧。韩诗外传。晋平公游于河而叹曰。安得贤士。与之乐此也。船人孟胥对曰。主君亦不好士耳。何患无士。公曰。吾食客门左千人。右千人。何谓不好士乎。对曰。鸿鹄一举千里。恃有六翮耳。背上之毛。腹下之毳。益一把飞不加高。损一把飞不加下。今君之食客。亦有六翮在其中矣。将皆背上之毛。腹下之毳耶。○晋昌、郡名。时段匹䃅为此职。谌在碑所。难斥言之。故曰晋昌也。石勒攻乐平。刘琨自代飞狐口奔安次。

时　兴

亹亹圆象运。悠悠方仪廓。忽忽岁云暮。游原采萧藿。北逾芒与河。南临伊与洛。凝霜沾蔓草。悲风振林薄。摵摵芳叶零。蕊蕊芬华落。下泉激冽清。旷野增辽索。登高眺遐荒。极望无崖

崿。形变随时化。神感因物作。澹乎至人心。恬然存玄漠。_{蕊蕊、}
_{垂也。}

谢　尚

大道曲

　　乐府广题曰。尚为镇西将军。尝著紫罗襦。据胡
床。在市中佛国门楼上。弹琵琶。作大道曲。市人不知
为三公也。

　　青阳二三月。柳青桃复红。车马不相识。音落黄埃中。_{写喧}
_{杂之况如见。}

郭　璞

赠温峤

　　人亦有言。松竹有林。及尔臭味。异苔同岑。言以忘得。交
以澹成。匪同伊和。惟我与生。尔神余契。我怀子情。携手一
豁。安知尘冥。_{异苔同岑句。造语新俊。士衡赠冯维熊诗中。亦有此意。}
_{而语特庸常。}

游仙诗

　　游仙诗本有托而言。坎壈咏怀。其本旨也。钟嵘贬

其少列仙之趣。谬矣。

京华游侠窟。山林隐遁栖。朱门何足荣。未若托蓬莱。临源挹清波。陵冈掇丹荑。灵溪可潜盘。安事登云梯。漆园有傲吏。莱氏有逸妻。进则保龙见。退为触藩羝。高蹈风尘外。长揖谢夷齐。进谓仕进。言仕进者为保全身名之计。退则类触藩之羝。孰若高蹈风尘。从事于游仙乎。

青溪千余仞。中有一道士。云生梁栋间。风出窗户里。借问此何谁。云是鬼谷子。翘迹企颍阳。临河思洗耳。闾阖西南来。潜波涣鳞起。灵妃顾我笑。粲然启玉齿。蹇修时不存。要之将谁使。闾阖、指风言。言风至而波纹生。

翡翠戏兰苕。容色更相鲜。绿萝结高林。蒙茏盖一山。中有冥寂士。静啸抚清弦。放情凌霄外。嚼蕊挹飞泉。赤松临上游。驾鸿乘紫烟。左把浮丘袖。右拍洪崖肩。借问蜉蝣辈。宁知龟鹤年。

六龙安可顿。运流有代谢。时变感人思。已秋复愿夏。淮海变微禽。吾生独不化。虽欲腾丹溪。云螭非我驾。愧无鲁阳德。回日向三舍。临川哀年迈。抚心独悲吒。

逸翮思拂霄。迅足羡远游。清源无增澜。安得运吞舟。珪璋虽特达。明月难暗投。潜颖怨青阳。陵苕哀素秋。悲来恻丹心。零泪缘缨流。清源不能运吞舟之鱼。喻尘俗不足容乎仙也。○言世俗不欲求仙。而怨天施之偏。叹浮生之促。类潜颖怨青阳之晚臻。陵苕哀素秋之早至也。潜颖、在幽潜而结颖者。

杂县音爰。寓鲁门。风暖将为灾。吞舟涌海底。高浪驾蓬莱。神仙排云出。但见金银台。陵阳挹丹溜。容成挥玉杯。姮娥扬妙音。洪崖颔其颐。升降随长烟。飘飘戏九垓。奇龄迈五龙。千岁方婴孩。燕昭无灵气。汉武非仙才。杂县、即爰居也。○陵阳子明、

乃仙去者。○五龙、皇后君也。昆弟五人。皆人面龙身。分治五方。○燕昭
使人入海。求蓬莱方丈瀛洲。○超然而来。截然而止。须玩章法。

晦朔如循环。月盈已见魄。蓂收清西陆。朱羲将由白。寒露
拂陵苔。女萝辞松柏。蕣荣不终朝。蜉蝣岂见夕。圆丘有奇草。
钟山出灵液。○王孙列八珍。安期炼五石。长揖当途人。去来山
林客。十洲记曰。北海外有钟山。自生千岁芝及神草灵液。王孙列八珍以
伤生。安期炼五石以延寿。谓优劣殊也。抱朴子曰。五石者。丹砂、雄黄、
白矾石、曾青、磁石也。

曹 毗

夜听捣衣

寒兴御纨素。佳人理衣襟。冬夜清且永。皓月照堂阴。纤手
叠轻素。朗杵叩鸣砧。清风流繁节。回飙洒微吟。嗟此往运速。
悼彼幽滞心。二物感余怀。岂但声与音。二物承上二语。

王羲之

兰亭集诗

不独序佳。诗亦清超越俗。寓目理自陈。适我无非
新。非学道有得者。不能言也。序为人人诵述。故
不录。

仰视碧天际。俯瞰渌水滨。寥阒无涯观。寓目理自陈。大矣

造化工。万殊莫不均。群籁虽参差。适我无非新。有逸句云。争先
非吾事。静照在忘求。附录于此。

陶 潜

渊明以名臣之后。际易代之时。欲言难言。时时寄
托。不独咏荆轲一章也。六朝第一流人物。其诗有不独
步千古者耶。钟嵘谓其原出于应璩。成何议论。〇清远
闲放。是其本色。而其中自有一段渊深朴茂。不可几及
处。唐人王、储、韦、柳诸公。学焉而得其性之所近。

停 云

停云、思亲友也。罇湛新醪。园列初荣。愿言不从。叹息
弥襟。

霭霭停云。濛濛时雨。八表同昏。平路伊阻。静寄东轩。春
醪独抚。良朋悠邈。搔首延伫。

停云霭霭。时雨濛濛。八表同昏。平陆成江。有酒有酒。闲
饮东窗。愿言怀人。舟车靡从。

东园之树。枝条再荣。竞用新好。以招余情。人亦有言。日
月于征。安得促席。说彼平生。

翩翩飞鸟。息我庭柯。敛翮闲止。好声相和。岂无他人。念
子实多。愿言不获。抱恨如何。

时 运

时运，游暮春也。春服既成。景物斯和。偶影独游。欣慨

交心。

迈迈时运。穆穆良朝。袭我春服。薄言东郊。山涤余霭。宇暖微霄。有风自南。翼彼新苗。翼字写出性情。

洋洋平津。乃漱乃濯。邈邈遐景。载欣载瞩。称心而言。人亦易足。挥兹一觞。陶然自乐。

延目中流。悠悠清沂。童冠齐业。闲咏以归。我爱其静。寤寐交挥。但恨殊世。邈不可追。

斯晨斯夕。言息其庐。花药分列。林竹翳如。清琴横床。浊酒半壶。黄唐莫逮。慨独在予。晋人放达。陶公有忧勤语。有安分语。有自任语。黄农之感。寄意西山。此旨时或流露。

劝 农

悠悠上古。厥初生人。傲然自足。抱朴含真。智巧既萌。资待靡因。谁其赡之。实赖哲人。

哲人伊何。时惟后稷。赡之伊何。实曰播殖。舜既躬耕。禹亦稼穑。远若周典。八政始食。

熙熙令音。猗猗原陆。卉木繁荣。和风清穆。纷纷士女。趣时竞逐。桑妇宵征。农夫野宿。

气节易过。和泽难久。冀缺携俪。沮溺结耦。相彼贤达。犹勤垄亩。矧伊众庶。曳裾拱手。

民生在勤。勤则不匮。宴安自逸。岁暮奚冀。儋石不储。饥寒交至。顾尔俦列。能不怀愧。

孔耽道德。樊须是鄙。董乐琴书。田园不履。若能超然。投迹高轨。敢不敛衽。敬赞德美。言能如孔子董相。庶可不务陇亩耳。勉人意在言外领取。

命　子

嗟余寡陋。瞻望弗及。顾惭华鬓。负影只立。三千之罪。无后为急。我诚念哉。呱闻尔泣。

卜云嘉日。占亦良时。名汝曰俨。字汝求思。温恭朝夕。念兹在兹。尚想孔伋。庶其企而。

厉夜生子。遽而求火。凡百有心。奚特于我。既见其生。实欲其可。人亦有言。斯情无假。叶古。

日居月诸。渐免于孩。福不虚至。祸亦易来。夙兴夜寐。愿尔斯才。尔之不才。亦已焉哉。

酬丁柴桑二章

有客有客。爰来爰止。秉直司聪。于惠百里。餐胜如归。聆善若始。可作箴规。

匪惟谐也。屡有良由。载言载眺。以写我忧。放欢一遇。既醉还休。实欣心期。方从我游。

归鸟四章

翼翼归鸟。晨去于林。远之八表。近憩云岑。和风不洽。翻翻求心。顾俦相鸣。景庇清阴。

翼翼归鸟。载翔载飞。虽不怀游。见林情依。遇云颉颃。相鸣而归。遐路诚悠。性爱无遗。

翼翼归鸟。驯林徘徊。岂思天路。欣反旧栖。虽无昔侣。众声每谐。日夕气清。悠然其怀。亦谐众声。自有旷怀。此是何等品格。

翼翼归鸟。戢羽寒条。游不旷林。宿则森标。晨风清兴。好音时交。缯缴奚施。已卷安劳。他人学三百篇。痴而重。与风雅日远。此不学三百篇。清而腴。与风雅日近。

游斜川

辛丑岁正月五日。天气澄和。风物闲美。与二三邻曲。同游斜川。临长流。望层城。鲂鲤跃鳞于将夕。水鸥乘和以翻飞。彼南阜者。名实旧矣。不复乃为嗟叹。若夫层城。傍无依接。独秀中皋。遥想灵山。有爱嘉名。欣对不足。率尔赋诗。悲日月之遂往。悼吾年之不留。各疏年纪乡里。以记其时日。

开岁倏五日。吾生行归休。念之动中怀。及辰为兹游。气和天惟澄。班坐依远流。弱湍驰文鲂。闲谷矫鸣鸥。迥泽散游目。缅然睇层丘。虽微九重秀。顾瞻无匹俦。提壶接宾侣。引满更献酬。未知从今去。当复如此不。中觞纵遥情。忘彼千载忧。且极今朝乐。明日非所求。

答庞参军

相知何必旧。倾盖定前言。有客赏我趣。每每顾林园。谈谐无俗调。所说圣人篇。或有数斗酒。闲饮自欢然。我实幽居士。无复东西缘。物新人唯旧。弱毫多所宣。情通万里外。形迹滞江山。君其爱体素。来会在何年。

五月旦作和戴主簿

虚舟纵逸棹。回复遂无穷。发岁始俯仰。星纪奄将中。南窗罕悴物。北林荣且丰。神渊泻时雨。晨色奏景风。既来孰不去。人理固有终。居常待其尽。曲肱岂伤冲。迁化或夷险。肆志无窊隆。即事如已高。何必升华嵩。

九日闲居

余闲居爱重九之名。秋菊盈园。而持醪靡由。空服九华。寄怀于言。

世短意常多。斯人乐久生。日月依辰至。举俗爱其名。露凄暄风息。气澈天象明。往燕无遗影。来雁有余声。酒能祛百虑。菊为制颓龄。如何蓬庐士。空视时运倾。尘爵耻虚罍。寒华徒自荣。敛襟独闲谣。缅焉起深情。栖迟固多娱。淹留岂无成。世短意常多。即所云生年不满百。常怀千岁忧也。炼得更简更道。后人得古人片言。便衍作数语。

和刘柴桑

山泽久见招。胡事乃踌躇。直为亲旧故。未忍言索居。良辰入奇怀。挈杖还西庐。荒涂无归人。时时见废墟。茅茨已就治。新畴复应畬。谷风转凄薄。春醪解饥劬。弱女虽非男。慰情良胜无。栖栖世中事。岁月共相疏。耕织称其用。过此奚所须。去去百年外。身名同翳如。弱女非男。喻酒之薄也。

酬刘柴桑

穷居寡人用。时忘四运周。榈庭多落叶。慨然知已秋。新葵郁北牖。嘉穟养南畴。今我不为乐。知有来岁不。命室携童弱。

良日登远游。

和郭主簿二首

蔼蔼堂前林。中夏贮清阴。凯风因时来。回飙开我襟。息交游闲业。卧起弄书琴。园蔬有余滋。旧谷犹储今。营己良有极。过足非所钦。春秫作美酒。酒熟吾自斟。弱子戏我侧。学语未成音。此事真复乐。聊用忘华簪。遥遥望白云。怀古一何深。过足非所钦。与过此奚所须。知足要言。一结悠然不尽。

和泽周三春。清凉素秋节。露凝无游氛。天高风景澈。陵岑耸逸峰。遥瞻皆奇绝。芳菊开林耀。青松冠岩列。怀此贞秀姿。卓为霜下杰。衔觞念幽人。千载抚尔诀。检素不获展。厌厌竟良月。

赠羊长史

左军羊长史衔使秦川。作此与之。

愚生三季后。慨然念黄虞。得知千载外。正赖古人书。贤圣留余迹。事事在中都。岂忘游心目。关河不可逾。九域甫已一。逝将理舟舆。闻君当先迈。负疴不获俱。路若经商山。为我少踌躇。多谢绮与甪。精爽今何如。紫芝谁复采。深谷久应芜。驷马无贳患。贫贱有交娱。清谣结心曲。人乖运见疏。拥怀累代下。言尽意不舒。

癸卯岁十二月中作与从弟敬远

寝迹衡门下。邈与世相绝。顾盼莫谁知。荆扉昼长闭。必结切。凄凄岁暮风。翳翳经日雪。倾耳无希声。在目皓已洁。劲气侵襟袖。箪瓢谢屡设。萧索空宇中。了无一可悦。历览千载书。时时见遗烈。高操非所攀。深得固穷节。平津苟不由。栖迟讵为拙。寄意一言外。兹契谁能别。渊明咏雪。未尝不刻划。却不似后人粘滞。○愚于汉人得两语曰。前日风雪中。故人从此去。于晋人得两语曰。倾耳无希声。在目皓已洁。于宋人得一语曰。明月照积雪。为千古咏雪之式。

始作镇军参军经曲阿作

弱龄寄事外。委怀在琴书。被褐欣自得。屡空常晏如。时来苟冥会。宛辔憩通衢。投策命晨装。暂与园田疏。眇眇孤舟逝。绵绵归思纡。我行岂不遥。登降千里余。目倦川途异。心念山泽居。望云惭高鸟。临水愧游鱼。真想初在襟。谁谓形迹拘。聊且凭化迁。终返班生庐。班固幽通赋曰。终保己而贻则。止里仁之所庐。

辛丑岁七月赴假还江陵夜行途中作

闲居三十载。遂与尘事冥。诗书敦宿好。林园无俗情。如何舍此去。遥遥至南荆。叩枻新秋月。临流别友生。凉风起将夕。夜景湛虚明。昭昭天宇阔。皛皛川上平。怀役不遑寐。中宵尚孤征。商歌非吾事。依依在耦耕。投冠旋旧墟。不为好爵萦。养真衡茅下。庶以善自名。

桃花源诗并记

晋太元中。武陵人捕鱼为业。缘溪行。忘路之远近。忽逢桃花林。夹岸数百步。中无杂树。芳草鲜美。落英缤纷。渔人甚异之。复前行。欲穷其林。林尽水源。便得一山。山有小口。仿佛若有光。便舍船从口入。初极狭。才通人。复行数十步。豁然开朗。土地平旷。屋舍俨然。有良田美池桑竹之属。阡陌交通。鸡犬相闻。其中往来种作。男女衣著。悉如外人。黄发垂髫。并怡然自乐。见渔人。乃大惊。问所从来。具答之。便要还家。设酒杀鸡作食。村中闻有此人。咸来问讯。自云先世避秦时乱。率妻子邑人。来此绝境。不复出焉。遂与外人间隔。问今是何世。乃不知有汉。无论魏晋。此人一一为具言所闻。皆叹惋。余人各复延至其家。皆出酒食。停数日。辞去。此中人语云。不足为外人道也。既出。得其船。便扶向路。处处志之。及郡下。诣太守说如此。太守即遣人随其往。寻向所志。遂迷不复得路。南阳刘子骥。高尚士也。闻之。欣然规往。未果。寻病终。后遂无问津者。

　　嬴氏乱天纪。贤者避其世。黄绮之商山。伊人亦云逝。往迹浸复湮。来径遂芜废。相命肆农耕。日入从所憩。桑竹垂余荫。菽稷随时艺。春蚕收长丝。秋熟靡王税。荒路暖交通。鸡犬互鸣吠。俎豆有古法。衣裳无新制。童孺纵行歌。斑白欢游诣。草荣识节和。木衰知风厉。虽无纪历志。四时自成岁。怡然有余乐。于何劳智慧。奇踪隐五百。一朝敞神界。淳薄既异原。旋复还幽蔽。借问游方士。焉测尘嚣外。愿言蹑轻风。高举寻吾契。此即羲皇之想也。必辨其有无。殊为多事。

归田园居五首

　　少无适俗韵。性本爱丘山。误落尘网中。一去三十年。羁鸟恋旧林。池鱼思故渊。开荒南野际。守拙归园田。方宅十余亩。

草屋八九间。榆柳荫后檐。桃李罗堂前。暖暖远人村。依依墟里烟。狗吠深巷中。鸡鸣桑树颠。户庭无尘杂。虚室有余闲。久在樊笼里。复得返自然。

野外罕人事。穷巷寡轮鞅。白日掩荆扉。虚室绝尘想。时复墟曲中。披草共来往。相见无杂言。但道桑麻长。桑麻日已长。我土日已广。常恐霜霰至。零落同草莽。

种豆南山下。草盛豆苗稀。晨兴理荒秽。带月荷锄归。道狭草木长。夕露沾我衣。衣沾不足惜。但使愿无违。

久去山泽游。浪莽林野娱。试携子侄辈。披榛步荒墟。徘徊丘垄间。依依昔人居。井灶有遗处。桑竹残朽株。借问采薪者。此人皆焉如。薪者向我言。死没无复余。一世异朝市。此语真不虚。人生似幻化。终当归空无。

怅恨独策还。崎岖历榛曲。山涧清且浅。遇以濯我足。漉我新熟酒。只鸡招近局。日入室中暗。荆薪代明烛。欢来苦夕短。已复至天旭。储、王极力拟之。然终似微隔。厚处朴处。不能到也。

与殷晋安别

殷先作晋安南府长史掾。因居浔阳。后作太尉参军。移家东下。作此以赠。

游好非久长。一遇尽殷勤。信宿酬清话。益复知为亲。去岁家南里。薄作少时邻。负杖肆游从。淹留忘宵晨。语默自殊势。亦知当乖分。未谓事已及。兴言在兹春。飘飘西来风。悠悠东去云。山川千里外。言笑难为因。才华不隐世。江湖多贱贫。脱有经过便。念来存故人。参军已为宋臣矣。题仍以前朝官名之。题目便不苟且。○才华不隐世。何等周旋。所云故者无失其为故也。即此见古人忠厚。

古诗源卷九

晋　诗

陶　潜

乞　食

　　饥来驱我去。不知竟何之。行行至斯里。叩门拙言辞。主人解余意。遗赠岂虚来。谈谐终日夕。觞至辄倾怀。情欣新知欢。言咏遂赋诗。感子漂母惠。愧我非韩才。衔戢知何谢。冥报以相贻。不必看作设言愈妙。○结言厚道。少陵受人一饭。终身不忘。俱古人不可及处。

诸人共游周家墓柏下

　　今日天气佳。清吹与鸣弹。感彼柏下人。安得不为欢。清歌散新声。绿酒开芳颜。未知明日事。余襟良已殚。

移居二首

　　昔欲居南村。非为卜其宅。闻多素心人。乐与数晨夕。怀此

177

颇有年。今日从兹役。敝庐何必广。取足蔽床席。邻曲时时来。抗言谈在昔。奇文共欣赏。疑义相与析。

春秋多佳日。登高赋新诗。过门更相呼。有酒斟酌之。农务各自归。闲暇辄相思。相思则披衣。言笑无厌时。此理将不胜。无为忽去兹。衣食当须纪。力耕不吾欺。

癸卯岁始春怀古田舍二首

在昔闻南亩。当年竟未践。屡空既有人。春兴岂自免。夙晨装吾驾。启涂情已缅。鸟弄欢新节。冷风送余善。寒竹被荒蹊。地为罕人远。是以植杖翁。悠然不复返。即理愧通识。所保讵乃浅。

先师有遗训。忧道不忧贫。瞻望邈难逮。转欲志常勤。秉耒欢时务。解颜劝农人。平畴交远风。良苗亦怀新。虽未量岁功。即事多所欣。耕种有时息。行者无问津。日入相与归。壶浆劳近邻。长吟掩柴门。聊为陇亩民。昔人问诗经何句最佳。或答曰。杨柳依依。此一时兴到之言。然亦实是名句。倘有人问陶公何句最佳。愚答云。平畴交远风。良苗亦怀新。亦一时兴到也。

庚戌岁九月中于西田获早稻

人生归有道。衣食固其端。孰是都不营。而以求自安。开春理常业。岁功聊可观。晨出肆微勤。日入负耒还。山中饶霜露。风气亦先寒。田家岂不苦。弗获辞此难。四体诚乃疲。庶无异患干。盥濯息檐下。斗酒散襟颜。遥遥沮溺心。千载乃相关。但愿长如此。躬耕非所叹。移居诗曰。衣食终须纪。力耕不吾欺。此云人生归有道。衣食固其端。又云贫居依稼穑。自勉勉人。每在耕稼。陶公异于晋人如此。

丙辰岁八月中于下潠田舍获 潠、音巽。

贫居依稼穑。戮力东林隈。不言春作苦。常恐负所怀。司田
眷有秋。寄声与我谐。饥者欢初饱。束带候鸣鸡。扬楫越平湖。
泛随清壑回。郁郁荒山里。猿声闲且哀。悲风爱静夜。林鸟喜晨
开。日余作此来。三四星火颓。姿年逝已老。其事未云乖。遥谢
荷莜翁。聊得从君栖。

饮　酒

余闲居寡欢。兼比夜已长。偶有名酒。无夕不饮。顾影独
尽。忽焉复醉。既醉之后。辄题数句自娱。纸墨遂多。辞无诠
次。聊命故人书之。以为欢笑尔。

衰荣无定在。彼此更共之。邵生瓜田中。宁似东陵时。寒暑
有代谢。人道每如兹。达人解其会。逝将不复疑。忽与一觞酒。
日夕欢相持。

积善云有报。夷叔在西山。善恶苟不应。何事空立言。九十
行带索。饥寒况当年。不赖固穷节。百世当谁传。伯夷传大旨。已
尽于此。末二句。马迁所云亦各从其志也。

道丧向千载。人人惜其情。有酒不肯饮。但顾世间名。所以
贵我身。岂不在一生。一生复能几。倏如流电惊。鼎鼎百年内。
持此欲何成。

结庐在人境。而无车马喧。问君何能尔。心远地自偏。采菊
东篱下。悠然见南山。山气日夕佳。飞鸟相与还。此中有真意。
欲辩已忘言。胸有元气。自然流出。稍著痕迹便失之。

秋菊有佳色。裛露掇其英。泛此忘忧物。远我遗世情。一觞虽独进。杯尽壶自倾。日入群动息。归鸟趋林鸣。啸傲东轩下。聊复得此生。遗我远世情。陶集作远我遗世情。从陶集为妥。

清晨闻叩门。倒裳往自开。问子为谁与。田父有好怀。壶浆远见候。疑我与时乖。褴缕茅檐下。未足为高栖。一世皆尚同。愿君汨其泥。深感父老言。禀气寡所谐。纡辔诚可学。违己讵非迷。且共欢此饮。吾驾不可回。禀气寡所谐。吾驾不可回。说得斩绝。

在昔曾远游。直至东海隅。道路迥且长。风波阻中涂。此行谁使然。似为饥所驱。倾身营一饱。少许便有余。恐此非名计。息驾归闲居。

故人赏我趣。挈壶相与至。班荆坐松下。数斟已复醉。父老杂乱言。觞酌失行次。不觉知有我。安知物为贵。悠悠迷所留。酒中有深味。超超名理。

少年罕人事。游好在六经。行行向不惑。淹留遂无成。竟抱固穷节。饥寒饱所更。敝庐交悲风。荒草没前庭。披褐守长夜。晨鸡不肯鸣。孟公不在兹。终以翳吾情。

羲农去我久。举世少复真。汲汲鲁中叟。弥缝使其淳。凤鸟虽不至。礼乐暂得新。洙泗辍微响。漂流逮狂秦。诗书复何罪。一朝成灰尘。区区诸老翁。为事诚殷勤。如何绝世下。六籍无一亲。终日驰车走。不见所问津。若复不快饮。空负头上巾。但恨多谬误。君当恕醉人。弥缝二字。该尽孔子一生。为事诚殷勤五字。道尽汉儒训诂。○末段忽然接入饮酒。此正是古人神化处。○晋人诗。旷达者征引老庄。繁缛者征引班扬。而陶公专用论语。汉人以下。宋儒以前。可推圣门弟子者。渊明也。康乐亦善用经语。而逊其无痕。

有会而作

旧谷既没。新谷未登。颇为老农。而值年灾。日月尚悠。为患未已。登岁之功。既不可希。朝夕所资。烟火裁通。旬日已来。始念饥乏。岁云夕矣。慨焉咏怀。今我不述。后生何闻哉。

弱年逢家乏。老至更长饥。菽麦实所羡。孰敢慕甘肥。惄如亚九饭。当暑厌寒衣。岁月将欲暮。如何辛苦悲。常善粥者心。深恨蒙袂非。嗟来何足吝。徒没空自遗。斯滥岂彼志。固穷夙所归。馁也已矣夫。在昔余多师。

拟　古

荣荣窗下兰。密密堂前柳。初与君别时。不谓行当久。出门万里客。中道逢嘉友。未言心先醉。不在接杯酒。兰枯柳亦衰。遂令此言负。多谢诸少年。相知不忠厚。意气倾人命。离隔复何有。

辞家夙严驾。当往志无终。问君今何行。非商复非戎。闻有田子春。节义为士雄。斯人久已死。乡里习其风。生有高世名。既没传无穷。不学狂驰子。直在百年中。田子春名畴。刘虞之臣。虞尽忠汉室。为公孙瓒所害。畴扫地而盟。誓欲复仇。后瓒已灭。乌桓已破。曹操欲加以封爵。畴不受。至欲自刭以明志。

仲春遘时雨。始雷发东隅。众蛰各潜骇。草木从横舒。翩翩新来燕。双双入我庐。先巢故尚在。相将还旧居。自从分别来。门庭日荒芜。我心固匪石。君情定何如。

迢迢百尺楼。分明望四荒。暮作归云宅。朝为飞鸟堂。山河满目中。平原独茫茫。古时功名士。慷慨争此场。一旦百岁后。相与还北邙。松柏为人伐。高坟互低昂。颓基无遗主。游魂在何方。荣华诚足贵。亦复可怜伤。

东方有一士。被服常不完。三旬九遇食。十年著一冠。辛苦无此比。常有好容颜。我欲观其人。晨去越河关。青松夹路生。

白云宿檐端。知我故来意。取琴为我弹。上弦惊别鹤。下弦操孤鸾。愿留就君住。从今至岁寒。辛苦而有好容。所谓身困道亨也。

日暮天无云。春风扇微和。佳人美清夜。达曙酣且歌。歌竟长叹息。持此感人多。皎皎云间月。灼灼叶中华。岂无一时好。不久当如何。

少时壮且厉。抚剑独行游。谁言行游近。张掖至幽州。饥食首阳薇。渴饮易水流。不见相知人。惟见古时丘。路边两高坟。伯牙与庄周。此士难再得。吾行欲何求。首阳易水。托意显然。

种桑长江边。三年望当采。枝条始欲茂。忽值山河改。柯叶自摧折。根株浮沧海。春蚕既无食。寒衣欲谁待。本不植高原。今日复何悔。欲言难言。陶公诗根本节目。全在此种。

杂　诗

人生无根蒂。飘如陌上尘。分散逐风转。此已非常身。落地为兄弟。何必骨肉亲。得欢当作乐。斗酒聚比邻。盛年不重来。一日难再晨。及时当勉励。岁月不待人。

白日沦西阿。素月出东岭。遥遥万里辉。荡荡空中景。风来入房户。夜中枕席冷。气变悟时易。不眠知夕永。欲言无予和。挥杯劝孤影。日月掷人去。有志不获骋。念此怀悲凄。终晓不能静。

代耕本非望。所业在田桑。躬亲未曾替。寒馁常糟糠。岂期过满腹。但愿饱粳粮。御冬足大布。粗缔以应阳。正尔不能得。哀哉亦可伤。人皆尽获宜。拙生失其方。理也可奈何。且为陶一觞。

咏贫士

万族各有托。孤云独无依。暧暧空中灭。何时见余晖。朝霞开宿雾。众鸟相与飞。迟迟出林翮。未夕复来归。量力守故辙。岂不寒与饥。知音苟不存。已矣何所悲。

凄厉岁云暮。拥褐曝前轩。南圃无遗秀。枯条盈北园。倾壶绝余沥。窥灶不见烟。诗书塞座外。日昃不遑研。闲居非陈厄。窃有愠见言。何以慰吾怀。赖古多此贤。

荣叟老带索。欣然方弹琴。原生纳决履。清歌畅商音。重华去我久。贫士世相寻。敝襟不掩肘。藜羹常乏斟。岂忘袭轻裘。苟得非所钦。赐也徒能辩。乃不见吾心。

袁安困积雪。邈然不可干。阮公见钱入。即日弃其官。刍藁有常温。采莒足朝餐。岂不实辛苦。所惧非饥寒。贫富常交战。道胜无戚颜。至德冠邦闾。清节映西关。所惧非饥寒。所乐非穷通。二语可书座右。

仲蔚爱穷居。绕宅生蒿蓬。翳然绝交游。赋诗颇能工。举世无知者。止有一刘龚。此士胡独然。实由罕所同。介焉安其业。所乐非穷通。人事固以拙。聊得长相从。刘龚。刘向之孙。○不惧饥寒。达天安命。陶公人品。不在季次原宪下。而概以晋人视之。何耶。○所乐非穷通。本庄子。

咏荆轲

燕丹善养士。志在报强嬴。招集百夫良。岁暮得荆卿。君子死知己。提剑出燕京。素骥鸣广陌。慷慨送我行。雄发指危冠。猛气冲长缨。饮饯易水上。四座列群英。渐离击悲筑。宋意唱高声。萧萧哀风逝。淡淡寒波生。商音更流涕。羽奏壮士惊。心知去不归。且有后世名。登车何时顾。飞盖入秦庭。凌厉越万里。逶迤过千城。图穷事自至。豪主正怔营。惜哉剑术疏。奇功遂不成。其人虽已没。千载有余情。<small>英气勃发。情见乎词。</small>

读山海经

孟夏草木长。绕屋树扶疏。众鸟欣有托。吾亦爱吾庐。既耕亦已种。时还读我书。穷巷隔深辙。颇回故人车。欢言酌春酒。摘我园中蔬。微雨从东来。好风与之俱。泛览周王传。流观山海图。俯仰终宇宙。不乐复何如。<small>观物观我。纯乎元气。</small>

拟挽歌词

荒草何茫茫。白杨亦萧萧。严霜九月中。送我出远郊。四面无人居。高坟正嶕峣。马为仰天鸣。风为自萧条。幽室一已闭。千年不复朝。千年不复朝。贤达无奈何。向来相送人。各自还其家。亲戚或余悲。他人亦已歌。死去何所道。托体同山阿。<small>即所谓万岁更相送。圣贤莫能度也。音调弥响。哀思弥深。</small>

谢　混

游西池

悟彼蟋蟀唱。信此劳者歌。有来岂不疾。良游常蹉跎。逍遥越城肆。愿言屡经过。回阡被陵阙。高台眺飞霞。惠风荡繁囿。

白云屯曾阿。景昃鸣禽集。水木湛清华。褰裳顺兰沚。徙倚引芳柯。美人愆岁月。迟暮独如何。无为牵所思。南荣戒其多。韩诗云。伐木废。朋友之道缺。劳者歌其事。诗人伐木。自苦其事。故以为文。〇庄子。庚桑楚谓南荣趎曰。全汝形。抱汝生。无使汝思虑营营。

吴隐之

酌贪泉诗

晋书。隐之为广州刺史。未至州十里。地名石门。有水曰贪泉。饮者怀无厌之欲。隐之酌而饮之。因赋此诗。及在州。清操愈厉。

古人云此水。一歃怀千金。试使夷齐饮。终当不易心。

庐山诸道人

游石门诗

石门在精舍南十余里。一名障山。基连大岭。体绝众阜。辟三泉之会。并立而开流。倾岩玄映其上。蒙形表于自然。故因以为名。此虽庐山之一隅。实斯地之奇观。皆传之于旧俗。而未睹者众。将由悬濑险峻。人兽迹绝。径回曲阜。路阻行难。故罕经焉。释法师以隆安四年仲春之月。因咏山水。遂杖锡而游。于时交徒同趣。三十余人。咸拂衣晨征。怅然增兴。虽林壑幽邃。而开涂竞进。虽乘危履石。并以所悦为安。既至。则援木寻葛。历险穷崖。猿臂相引。仅乃造极。于是拥胜倚岩。详观其下。始知七岭之美。蕴奇于此。双阙对峙其前。重岩映带其后。峦阜周回以为障。崇岩四营而开宇。其中则有石台石池。宫馆之象。触类之形。致可乐也。清泉分流而合注。渌渊镜净于天池。文石发彩。焕若披面;怪松芳草。蔚然光目。其为神丽。亦已备矣。斯日也。众情奔悦。瞩览无厌。游观未久。而天气屡变。霄雾尘集。则万象隐形;流光回照。则众山倒影。开辟之际。状有灵焉。而不可测也。乃其将登。则翔禽拂翻。鸣猿厉响。归云回驾。想羽人之来仪;哀声相和。若玄音之有寄。虽仿佛犹闻。而神以之畅;虽乐不期欢。而欣以永日。当其冲豫自得。信有味焉。而未易言也。退而寻之。夫崖谷之间。会物无主。应不以情而开兴。引人致深若此。岂不以虚明朗其照。闲邃笃其情耶。并三复其谈。犹昧然未尽。俄而太阳告夕。所存已往。乃悟幽人之玄览。达恒物之大情。其为神趣。岂山水而已哉。于是徘徊崇岭。流目四瞩。九江如带。丘阜成垤。因此而推。形有巨细。智亦宜然。乃喟然叹宇宙虽遐。古今一契。灵鹫邈矣。荒途日隔。不有哲人。风迹虽存。应深悟远。慨然长怀。各欣一遇之同欢。感良辰之难再。情发于中。遂共咏之云耳。

　　超兴非有本。理感兴自生。忽闻石门游。奇唱发幽情。褰裳思云驾。望崖想曾城。驰步乘长岩。不觉质有轻。矫首登云阙。眇若凌太清。端居运虚轮。转彼玄中经。神仙同物化。未若两俱冥。一序奇情深理。发而为文。无禅习气。亦无文士气。诗复清洒不滓。

惠　远

庐山东林杂诗

崇岩吐清气。幽岫栖神迹。希声奏群籁。响出山溜滴。有客独冥游。径然忘所适。挥手抚云门。灵关安足辟。流心叩玄扃。感至理弗隔。孰是腾九霄。不奋冲天翮。妙同趣自均。一悟超三益。高僧诗。自有一种清奥之气。唐时诗僧。以引用内典为长。便染成习气。不可响迩矣。

帛道猷

陵峰采药触兴为诗

连峰数千里。修林带平津。云过远山翳。风至梗荒榛。茅茨隐不见。鸡鸣知有人。闲步践其径。处处见遗薪。始知百代下。故有上皇民。

谢道韫

登　山

峨峨东岳高。秀极冲青天。岩中间虚宇。寂寞幽以玄。非工复非匠。云构发自然。气象尔何物。遂令我屡迁。逝将宅斯宇。可以尽天年。

赵　整

谏　歌

　　秦王坚与慕容垂夫人同辇游后庭。宦官赵整歌云云。坚改容谢之。命夫人下辇。

不见雀来入燕室。但见浮云蔽白日。

无名氏

短兵篇

　　剑为短兵。其势险危。疾逾飞电。回旋应规。武节齐声。或合或离。电发星驰。若景若差。兵法攸众。军容是仪。

独漉篇

　　独漉独漉。水深泥浊。泥浊尚可。水深杀我。雍雍双雁。游戏田畔。我欲射雁。念子孤散。翩翩浮萍。得风摇轻。我心何合。与之同并。空床低帷。谁知无人。夜长锦绣。谁别伪真。刀鸣箭中。倚床无施。父冤不报。欲活何为。猛虎斑斑。游戏山间。虎欲杀人。不避豪贤。英爽直追汉人。

晋白纻舞歌诗

轻躯徐起何洋洋。高举两手白鹄翔。宛若龙转乍低昂。凝停善睐容仪光。如推若引留且行。随世而变诚无方。舞以尽神安可忘。晋世方昌乐未央。质如轻云色如银。爱之遗谁赠佳人。制以为袍余作巾。袍以光躯巾拂尘。丽服在御会佳宾。醪醴盈樽美且淳。清歌徐舞降只神。四座欢乐胡可陈。

阳春白日风花香。趋步明玉舞瑶珰。声发金石媚笙簧。罗袿徐转红袖扬。清歌流响绕凤梁。如矜若思凝且翔。转盼遗精艳辉光。将流将引双雁行。欢来何晚意何长。明君御世永歌昌。极写舞态。中忽入晋世方昌乐未央。明君御世永歌昌。等句。此乐府体。

淫　豫

国史补云。蜀之三峡。最号峻急。四月五月尤险。故行者歌之。一作滟豫。峡中之滩也。

淫豫大如马。瞿唐不可下。淫豫大如象。瞿唐不可上。

女儿子

巴东三峡猿鸣悲。夜鸣三声泪沾衣。古今乐录曰。女儿子。倚歌也。三峡谓广溪峡、巫峡、西陵峡也。林木高茂。猿鸣至清。行者闻之。莫不怀土。〇说猿声之悲始此。

我欲上蜀蜀水难。蹋蹀珂头腰环环。

三峡谣

水经注曰。峡中有滩。名曰黄牛。岩石既高。江湍纤回。虽途经信宿。犹望见之。故行者谣云。

朝见黄牛。暮见黄牛。三朝三暮。黄牛如故。四语中写尽纤回沿溯之苦。

陇上歌

晋书。刘曜围陈安于陇城。安败走。曜使将军平先追之。平斩安于涧曲。安善于抚下。吉凶夷险。与众共之。及死。陇上为之歌。

陇上壮士有陈安。躯干虽小腹中宽。爱养将士同心肝。骊骢文马铁锻鞍。七尺大刀奋如湍。丈八蛇矛左右盘。十荡十决无当前。百骑俱出如云浮。追者千万骑悠悠。战始三交失蛇矛。弃我骊骢窜岩幽。为我外援而悬头。西流之水东流河。一去不还奈子何。中极状其勇。一结悠然。余哀不尽。百骑俱出二句。见死于敌兵之多。非战罪也。本词无。赵书有。今从增入。

来 罗

郁金黄花标。下有同心草。草生已日长。人生日就老。

190

作蚕丝

春蚕不应老。昼夜常怀丝。何惜微躯尽。缠绵自有时。缠绵温厚。不同子夜读曲等歌。

休洗红二章

休洗红。洗多红色澹。不惜故缝衣。记得初按茜。人寿百年能几何。后来新妇今为婆。

休洗红。洗多红在水。新红裁作衣。旧红翻作里。回黄转绿无定期。世事返复君所知。回黄转绿。字极生新。要知是善用经语。

安东平

凄凄烈烈。北风为雪。船道不通。步道断绝。

惠帝元康中京洛童谣

见晋书五行志。

南风起兮吹白沙。遥望鲁国何嵯峨。千岁髑髅生齿牙。南风，贾后字也。白，晋行也。沙门，太子小字也。鲁国，贾谧也。言后与谧为乱。以危太子。而赵王因衅以篡夺也。

惠帝时洛阳童谣

见晋书。明年而石勒反。

邺中女子莫千妖。前至三月抱胡腰。*风俗奢淫过甚。必有兵戈之*
惨继之。千秋炯戒也。

惠帝大安中童谣

见晋书五行志。后中原大乱。宗藩多绝。唯琅邪、
汝南、西阳、南顿、彭城、同至江东。而元帝嗣统矣。

五马浮渡江。一马化为龙。

绵州巴歌

豆子山。打瓦鼓。扬平山。撒白雨。下白雨。取龙女。织得
绢。二丈五。一半属罗江。一半属玄武。

古诗源卷十

宋　诗

孝武帝

　　宋人诗。日流于弱。古之终而律之始也。无鲍谢二公。恐风雅无色。○孝武诗。时有巧思。

自君之出矣

　　自君之出矣。金翠暗无精。思君如日月。回还昼夜生。

南平王铄

白纻曲

　　仙仙徐动何盈盈。玉腕俱凝若云行。佳人举袖辉青蛾。掺掺擢手映鲜罗。状似明月泛云河。体如轻风动流波。晋曲似拙。然气味极厚。此但觉其鲜秀矣。风气升降。作者不能自主。

拟行行重行行

眇眇陵长道。遥遥行远之。回车背京里。挥手从此辞。堂上流尘生。庭中绿草滋。寒蜮翔水曲。秋兔依山基。芳年有华月。佳人无还期。日夕凉风起。对酒长相思。悲发江南调。忧委子衿诗。卧觉明灯晦。坐见轻纨缁。泪容不可饰。幽镜难复持。愿垂薄暮景。照妾桑榆时。颜臻古意。

何承天

雉子游原泽篇

雉子游原泽。幼怀耿介心。饮啄虽勤苦。不愿栖园林。古有避世士。抗志青霄岑。浩然寄卜肆。挥棹通川阴。逍遥风尘外。散发抚鸣琴。卿相非所盼。何况于千金。功名岂不美。宠辱亦相寻。冰炭结六府。忧虞缠胸襟。当世须大度。量己不克任。三复泉流诫。自警良已深。

颜延之

颜诗。惠休品为镂金错采。然镂刻太甚。填缀求工。转伤真气。中间如五君咏。秋胡行。皆清真高逸者也。○士衡长于敷陈。延之长于镂刻。然亦缘此为累。诗云。穆如清风。是为雅音。

应诏宴曲水作诗八章

宋略曰。文帝元嘉十一年三月丙辰。禊饮于乐游苑。且祖江夏王义恭、衡阳王义季。有诏会者赋诗。

道隐未形。治彰既乱。帝迹悬衡。皇流共贯。惟王创物。永锡洪算。仁固开周。义高登汉。

祚融世哲。业光列圣。太上正位。天临海镜。制以化裁。树之形性。惠浸萌生。信及翔泳。太上，谓文帝也。

崇虚非征。积实莫尚。岂伊人和。实灵所贶。日完其朔。月不掩望。航琛越水。辇赆逾嶂。赆，言远夷纳贡也。

帝体丽明。仪辰作贰。君彼东朝。金昭玉粹。德有润身。礼不愆器。柔中渊映。芳猷兰秘。帝体，太子也。记曰。长子正体于上。○诗传曰。仪，匹也。辰，北辰也。

昔在文昭。今惟武穆。于赫王宰。方旦居叔。有晬叡蕃。爰履奠牧。宁极和钧。屏京维服。王宰、谓王为宰辅。比之周旦。而亦居叔也。指江夏、衡阳二王。

胐魄双交。月气参变。开荣洒泽。舒虹烁电。化际无间。皇情爰眷。伊思镐饮。每惟洛宴。胐魄双交、谓月之三日也。月气参变。谓三月也。此说入修禊。

郊饯有坛。君举有礼。幕帷兰甸。画流高陛。分庭荐乐。析波浮醴。豫同夏谚。事兼出济。

仰阅丰施。降惟微物。三妨储隶。五尘朝黻。途泰命屯。思充报屈。有悔可悛。滞瑕难拂。微物、自谓也。三妨、五尘、谓己所历之官位。○八章次序有法。追金琢玉。不妨沈闷。义山所谓句奇语重者耶。

197

郊祀歌

黉威宝命。严恭帝祖。炳海表岱。系唐胄楚。灵监睿文。民属睿武。奄受敷锡。宅中拓宇。亘地称皇。罄天作主。月窟来宾。日际奉土。开元首正。礼交乐举。六典联事。九官列序。有牷在涤。有絜同洁。在俎。荐飨王衷。以答神祜。尚书曰。海岱及淮惟徐州。东京赋曰。系唐统。接汉绪。沈约宋书曰。高祖。彭城人。楚元王之后也。彭城，徐州之境。○窟同窟。

维圣飨帝。维孝飨亲。皇乎备矣。有事上春。礼行宗祀。敬达郊禋。金枝中树。广乐四陈。陟配在京。降听在民。奔精昭夜。高燎炀晨。阴明浮烁。沈禜深沦。告成大报。受釐元神。月御按节。星驱扶轮。遥兴远驾。曜曜振振。奔精，星流也。○宋为水德而主辰。故阴明之宿。浮烁而扬光。沈禜。所祭沈沦而沈静也。禜，祭名。○月御二句。言天神降而月御为之按节。星驱为之扶轮也。

赠王太常

玉水记方流。琁源载圆折。蓄宝每希声。虽秘犹彰彻。聆龙瞵音砌。九渊。闻凤窥丹穴。历听岂多士。岿然觐时哲。舒文广国华。敷言远朝列。德辉灼邦懋。芳风被乡耋。侧同幽人居。郊扉常昼闭。必列切。林间时晏开。亟回长者辙。庭昏见野阴。山明望松雪。静惟浃群化。徂生入穷节。豫往诚欢歇。悲来非乐阕。属美谢繁翰。遥怀具短札。尸子曰。凡水。其方折者有玉。其圆折者有珠。○瞵，察也。○用笔太重。非诗人本色。

夏夜呈从兄散骑车长沙

散骑，字敬宗。车长沙，字仲远。

炎天方埃郁。暑晏阕尘纷。独静阙偶坐。临堂对星分。侧听风薄木。遥睇月开云。夜蝉当夏急。阴虫先秋闻。岁候初过半。荃蕙岂久芬。屏居恻物变。慕类抱情殷。九逝非空思。七襄无成文。楚辞曰。惟郢路之辽辽兮。魂一夕而九逝。

北使洛

宋书曰。延之洛阳道中作。文辞藻丽。为谢晦、傅亮所赏。

改服饬徒旅。首路踞险艰。振楫发吴洲。秣马陵楚山。涂山梁宋郊。道由周郑间。前登阳城路。日夕望三川。在昔辍期运。经始阔圣贤。伊濲绝津济。台馆无尸椽。宫陛多巢穴。城阙生云烟。王猷升八表。嗟行方暮年。阴风振凉野。飞雪督穷天。临涂未及引。置酒惨无言。隐闵徒御悲。威迟良马烦。游役去芳时。归来屡徂侃。古惄字。蓬心既已矣。飞薄殊亦然。抱朴子曰。闻之前志。圣人生率阔五百岁。○黍离之感。行役之悲。情旨畅越。

五君咏五首

竹林七贤。山涛、王戎。以贵显被斥。

阮步兵篇。

阮公虽沦迹。识密鉴亦洞。沈醉似埋照。寓辞类托讽。长啸

199

若怀人。越礼自惊众。物故不可论。途穷能无恸。

嵇中散_康。

中散不偶世。本自餐霞人。形解验默仙。吐论知凝神。立俗迕流议。寻山洽隐沦。鸾翮有时铩。龙性谁能驯。<small>桓子新论曰。圣人皆形解仙去。</small>

刘参军_伶。

刘伶善闭关。怀情灭闻见。鼓钟不足欢。荣色岂能眩。韬精日沈饮。谁知非荒宴。颂酒虽短章。深衷自此见。<small>老子曰。善闭者无关键而不可开。言道德内充。情欲俱闭也。</small>

阮始平_咸。

仲容青云器。实禀生民秀。达音何用深。识微在金奏。郭奕已心醉。山公非虚觏。屡荐不入官。一麾乃出守。<small>阮咸哀乐至到。过绝于人。太原郭奕。见之心醉。○山涛启事曰。咸若在官之职。必妙绝于时。</small>

向常侍_秀。

向秀甘澹薄。深心托豪素。探道好渊玄。观书鄙章句。交吕既鸿轩。攀嵇亦凤举。流连河里游。恻怆山阳赋。<small>秀尝与嵇康偶锻于洛邑。与吕安灌园于山阳。</small>

秋胡诗九首

椅梧倾高凤。寒谷待鸣律。影响岂不怀。自远每相匹。婉彼幽闲女。作嫔君子室。峻节贯秋霜。明艳侔朝日。嘉运既我从。欣愿自此毕。椅梧仁凤鸟之来仪。寒谷待吹律而成煦。言夫妇之相匹。如影响之相思也。

燕居未及好。良人顾有违。脱巾千里外。结绶登王畿。戒徒在昧旦。左右来相依。驱车出郊郭。行路正威迟。存为久离别。没为长不归。

嗟余怨行役。三陟穷晨暮。严驾越风寒。解鞍犯霜露。原隰多悲凉。回飙卷高树。离兽起荒蹊。惊鸟纵横去。悲哉游宦子。劳此山川路。卷耳诗。陟彼崔嵬。陟彼高冈。陟彼砠矣。故曰三陟。

超遥行人远。宛转年运徂。良时为此别。日月方向除。孰知寒暑积。僶俛见荣枯。岁暮临空房。凉风起坐隅。寝兴日已寒。白露生庭芜。一章至四章。言宦仕于外。己之靡日不思也。

勤役从归愿。反路遵山河。昔辞秋未素。今也岁载华。蚕月欢时暇。桑野多经过。佳人从所务。窈窕援高柯。倾城谁不顾。弭节停中阿。

年往诚思劳。路远阔音形。虽为五载别。相与昧平生。舍车遵往路。凫藻驰目成。南金岂不重。聊自意所轻。义心多苦调。密比金玉声。五章至六章。言遇于桑下。秋胡子下车。与之以金也。○班彪冀州赋曰。感凫藻以进乐。

高节难久淹。朅来空复辞。迟迟前途尽。依依造门基。上堂拜嘉庆。入室问何之。日暮行采归。物色桑榆时。美人望昏至。惭叹前相持。此章言其母使人呼其妇至。乃向采桑者也。

有怀谁能已。聊用申苦言。离居殊年载。一别阻河关。春来无时豫。秋至恒早寒。明发动愁心。闺中起长叹。惨凄岁方晏。日落游子颜。言情之惨凄。在乎岁之方晏。日之将落。愈思游子之颜。此章申言五载中思慕情事。〇前章说相持矣。以常情言。宜即出愤语。此却申言离居之苦。急处用缓承。正是节奏之妙。

高张生绝弦。声急由调起。自昔枉光尘。结言固终始。如何久为别。百行諐古愆字。诸己。君子失明义。谁与偕没齿。愧彼行露诗。甘之长川汜。高张生于绝弦。喻立节期于效命。声急由乎调起。喻词切兴于恨深。〇易曰。归妹，人之终始也。〇无古乐府之警健。然章法绵密。布置稳顺。在延之为上乘矣。

谢灵运

前人评康乐诗。谓东海扬帆。风日流利。此不甚允。大约经营惨淡。钩深素隐。而一归自然。山水闲适。时遇理趣。匠心独运。少规往则。建安诸公。都非所屑。况士衡以下。陶诗合下自然。不可及处。在真在厚。谢诗追琢而返于自然。不可及处。在新在俊。千古并称。厥有由夫。陶诗高处在不排。谢诗胜处在排。所以终逊一筹。〇刘勰明诗篇曰。老庄告退。而山水方滋。见游山水诗以康乐为最。

从游京口北固应诏

从宋武帝。

玉玺诫诚信。黄屋示崇高。事为名教用。道以神理超。昔闻汾水游。今见尘外镳。鸣笳发春渚。税銮登山椒。张组眺倒景。

同影。列筵眺归潮。远岩映兰薄。白日丽江皋。原隰荑绿柳。墟
囿散红桃。皇心美阳泽。万象咸光昭。顾己枉维絷。抚志惭场
苗。工拙各所宜。终以返林巢。曾是萦旧想。览物奏长谣。庄子
曰。尧见四子藐姑射之山。汾水之阳。○理语入诗。而不觉其腐。全在
骨高。

述祖德诗二首

序曰。太元中。王父龛定淮南。负荷世业。尊主隆人。逮贤
相徂谢。君子道消。拂衣蕃岳。考卜东山。事同乐生之时。志期
范蠡之举。王父、谓玄也。龛、同戡。胜也。龛定淮南。谓败符坚事。

达人贵自我。高情属天云。兼抱济物性。而不缨垢氛。段生
蕃魏国。展季救鲁人。弦高犒晋师。仲连却秦军。临组乍不绁。
对珪宁肯分。惠物辞所赏。励志故绝人。苕苕历千载。遥遥播清
尘。清尘竟谁嗣。明哲垂经纶。委讲辍道论。改服康世屯。屯难
既云康。尊主隆斯民。弦高犒秦师。在暗之道。暗，音晋。见吕氏春秋。
诸本为晋，字之误也。因改正。

中原昔丧乱。丧乱岂解已。崩腾永嘉末。逼迫太元始。河水
无反正。江介有蹛圯。万邦咸震慑。横流赖君子。拯溺由道情。
龛暴资神理。秦赵欣来苏。燕魏迟文轨。贤相谢世运。远图因事
止。高揖七州外。拂衣五湖里。随山疏浚潭。傍岩艺枌梓。遗情
舍尘物。贞观丘壑美。蹛圯。诗曰。日蹛国百里。尔雅曰。圯，败覆也。
庄子曰。夫道有情有性。

九日从宋公戏马台集送孔令

季秋边朔苦。旅雁违霜雪。凄凄阳卉腓。皎皎寒潭洁。良辰
感圣心。云旗兴暮节。鸣笳戾朱宫。兰卮献时哲。饯宴光有孚。

和乐隆所缺。在宥天下理。吹万群方悦。归客遂海隅。脱冠谢朝列。弭棹薄枉渚。指景待乐阕。河流有急澜。浮骖无缓辙。岂伊川途念。宿心愧将别。彼美丘园道。喟焉伤薄劣。<small>诗序曰。鹿鸣废。则和乐缺矣。○庄子曰。闻在宥天下。不闻在治天下也。郭象曰。宥使自在。则治也。○庄子。南郭子綦曰。夫吹万不同。而使其自已也。司马彪曰。言天气吹煦。长养万物。形气不同。已，止也。使各得其性而止。</small>

邻里相送至方山

祇役出皇邑。相期憩瓯越。解缆及流潮。怀旧不能发。析析就衰林。皎皎明秋月。含情易为盈。遇物难可歇。积疴谢生虑。寡欲罕所阙。资此永幽栖。岂伊千岁别。各勉日新志。音尘慰寂蔑。<small>解缆二句。别绪低徊。含情二句。触境自得。</small>

过始宁墅

束发怀耿介。逐物遂推迁。违志似如昨。二纪及兹年。缁磷谢清旷。疲苶惭贞坚。拙疾相倚薄。还得静者便。剖竹守沧海。枉帆过旧山。山行穷登顿。水涉尽洄沿。岩峭岭稠叠。洲萦渚连绵。白云抱幽石。绿筱媚清涟。葺宇临回江。筑观基层巅。挥手告乡曲。二载期归旋。且为树枌槚。无令孤愿言。<small>登顿沿洄。非老于游山水者不知。○左传。初季孙为己树六槚于蒲圃泉门之外。杜注曰。槚，自为椁也。○始宁县。谢公故宅及墅在焉。兹因之官过此。故有末四句。</small>

七里濑

羁心积秋晨。晨积展游眺。孤客伤逝湍。徒旅苦奔峭。石浅水潺湲。日落山照曜。荒林纷沃若。哀禽相叫啸。遭物悼迁斥。存期得要妙。既秉上皇心。岂屑末代诮。目睹严子濑。想属任公钓。谁谓今古殊。异代可同调。

登池上楼

在永嘉郡。

潜虬媚幽姿。飞鸿响远音。薄霄愧云浮。栖川怍渊沈。进德智所拙。退耕力不任。狗禄反穷海。卧疴对空林。衾枕昧节候。褰开暂窥临。倾耳聆波澜。举目眺岖嵚。初景革绪风。新阳改故阴。池塘生春草。园柳变鸣禽。祁祁伤豳歌。萋萋感楚吟。索居易永久。离群难处心。持操岂独古。无闷征在今。虬以深潜而保真。鸿以高飞而远害。今以婴世网。故有愧虬与鸿也。薄霄，顶飞鸿。栖川，顶潜虬。楚辞曰。款秋冬之绪风。〇池塘生春草。偶然佳句。何必深求。权德舆解为王泽竭。候将变。何句不可穿凿耶。

游南亭

亦永嘉郡。

时竟夕澄霁。云归日西驰。密林含余清。远峰隐半规。久痗昏垫苦。旅馆眺郊岐。泽兰渐被径。芙蓉始发池。未厌青春好。已睹朱明移。戚戚感物叹。星星白发垂。药饵情所止。衰疾忽在斯。逝将候秋水。息景偃旧崖。我志谁与亮。赏心惟良知。起先用写景。第六句点出眺郊岐。此倒插法也。少陵往往用之。〇良知，谓良友。

游赤石进泛海

首夏犹清和。芳草亦未歇。水宿淹晨暮。阴霞屡兴没。周览
倦瀛壖。况乃凌穷发。川后时安流。天吴静不发。扬帆采石华。
挂席拾海月。溟涨无端倪。虚舟有超越。仲连轻齐组。子牟眷魏
阙。矜名道不足。适己物可忽。请附任公言。终然谢先伐。张衡
归田赋。仲春令月。时和气清。指二月言。此言首夏。犹之清和。芳草亦未
歇也。后人以四月为清和。谬矣。○临海志曰。石华。附石而生。海月。大
如镜。白色。○庄子曰。孔子围于陈。太公任往吊之。曰。直木先伐。甘泉
先竭。子其意者饰智以惊愚。修身以明污。昭昭若揭日月而行。故不免也。

登江中孤屿

在永嘉江心。

江南倦历览。江北旷周旋。怀新道转迥。寻异景不延。乱流
趋正绝。孤屿媚中川。云日相辉映。空水共澄鲜。表灵物莫赏。
蕴真谁为传。想像昆山姿。缅邈区中缘。始信安期术。得尽养生
年。怀新道转迥。谓贪寻新境。忘其道之远也。寻异景不延。谓往前探奇。
当前妙景。不能少迁延也。深于寻幽者知之。十字字字耐人咀味。○乱流二
句。谓截流而渡。忽得孤屿。余尝游金焦。诵此二句。愈觉其妙。

登永嘉绿嶂山诗

裹粮杖轻策。怀迟上幽室。行源径转远。距陆情未毕。澹潋
结寒姿。团栾润霜质。涧委水屡迷。林迥岩逾密。眷西谓初月。
顾东疑落日。践夕奄昏曙。蔽翳皆周悉。蛊上贵不事。履二美贞

古。幽人常坦步。高尚邈难匹。颐阿竟何端。寂寂寄抱一。恬如既已交。缮性自此出。眷西，四句。言深入苍翠中。几不知日暮。左眺右瞻。疑误日月也。然此诗过于雕镂。渐失天趣。取其用意之佳耳。

斋中读书

昔余游京华。未尝废丘壑。矧乃归山川。心迹双寂寞。虚馆绝诤讼。空庭来鸟雀。卧疾丰暇豫。翰墨时间作。怀抱观古今。寝食展戏谑。既笑沮溺苦。又哂子云阁。执戟亦以疲。耕稼岂云乐。万事难并欢。达生幸可托。楚辞曰。野寂漠其无人。漠，同寞。〇子云阁。强押。

田南树园激流植援

命题简古。

樵隐俱在山。由来事不同。不同非一事。养疴亦园中。中园屏氛杂。清旷招远风。卜室倚北阜。启扉面南江。激涧代汲井。插槿当列墉。群木既罗户。众山亦当窗。靡迤趋下田。迢递瞰高峰。寡欲不期劳。即事罕人功。惟开蒋生径。永怀求羊踪。赏心不可忘。妙善冀能同。郭象注庄曰。妙善同。故无往而不冥也。同字重韵。

石壁精舍还湖中作

昏旦变气候。山水含清晖。清晖能娱人。游子憺忘归。出谷日尚早。入舟阳已微。林壑敛暝色。云霞收夕霏。芰荷迭映蔚。

蒲稗相因依。披拂趋南径。愉悦偃东扉。虑澹物自轻。意惬理无违。寄言摄生客。试用此道推。

登石门最高顶

晨策寻绝壁。夕息在山栖。疏峰抗高馆。对岭临回溪。长林罗户穴。积石拥阶基。连岩觉路塞。密竹使径迷。来人忘新术。去子惑故蹊。活活夕流驶。噭噭夜猿啼。沈冥岂别理。守道自不携。心契九秋干。目玩三春荑。居常以待终。处顺故安排。惜无同怀客。共登青云梯。

石门新营所住四面高山回溪石濑茂林修竹

跻险筑幽居。披云卧石门。苔滑谁能步。葛弱岂可扪。袅袅秋风过。萋萋春草繁。美人游不还。佳期何由敦。芳尘凝瑶席。清醑满金樽。洞庭空波澜。桂枝徒攀翻。结念属霄汉。孤景莫与谖。俯濯石下潭。仰看条上猿。早闻夕飙急。晚见朝日暾。崖倾光难留。林深响易奔。感往虑有复。理来情无存。庶持乘日车。得以慰营魂。匪为众人说。冀与智者论。早闻二句。总见光景之不同。感往二句。言悲感已往。而天寿纷错。故虑有回复。妙理若来。而物我俱丧。故情无所存。○庄子牧马篇。童子谓黄帝曰。有长者教子曰。若乘日之车。而游襄城之野。○楚辞曰。载营魂而升霞。

于南山往北山经湖中瞻眺

朝旦发阳崖。景落憩阴峰。舍舟眺迥渚。停策倚茂松。侧径既窈窕。环洲亦玲珑。俯视乔木杪。仰聆大壑淙。石横水分流。

林密蹊绝踪。解·音蟹。作竟何感。升长皆丰容。初篁苞绿箨。新蒲含紫茸。海鸥戏春岸。天鸡弄和风。抚化心无厌。览物眷弥重。不惜去人远。但恨莫与同。孤游非情叹。赏废理谁通。易曰。天地解而雷雨作。雷雨作而百果草木皆甲坼。又曰。地中生木升。诗中用经。无如谢公者。

从斤竹涧越岭溪行

猿鸣诚知曙。谷幽光未显。岩下云方合。花上露犹泫。逶迤傍隈隩。迢递步陉岘。过涧既厉急。登栈亦陵缅。川渚屡经复。乘流玩回转。蘋萍泛沈深。菰蒲冒清浅。企石挹飞泉。攀林摘叶卷。想见山阿人。薜萝若在眼。握兰勤徒结。折麻心莫展。情用赏为美。事昧竟谁辨。观此遗物虑。一悟得所遣。过涧既厉急。用以衣涉水事。○枣据逸民赋曰。握春兰兮遗芳。楚辞曰。折疏麻兮瑶华。将以遗兮离居。此云勤徒结。心莫展。言欲赠友而末由也。承上二句看便明。

过白岸亭诗

拂衣遵沙垣。缓步入蓬屋。近涧涓密石。远山映疏木。空翠难强名。渔钓易为曲。援萝聆青崖。春心自相属。交交止栩黄。呦呦食苹鹿。伤彼人百哀。嘉尔承筐乐。荣悴迭去来。穷通成休戚。未若常疏散。万事恒抱朴。凡物可以名。则浅矣。难强名。神于写空翠者。止栩黄。言黄鸟止于栩也。然终未妥。

初去郡

为永嘉守二年。称疾去职还始宁。

彭薛裁知耻。贡公未遗荣。或可优贪竞。岂足称达生。伊予秉微尚。拙讷谢浮名。庐园当栖岩。卑位代躬耕。顾己虽自许。心迹犹未并。无庸妨周任。有疾象长聊。毕娶类尚子。薄游似邴生。恭承古人意。促装返柴荆。牵丝及元兴。解龟在景平。负心二十载。于今废将迎。理棹遄还期。遵渚鹜修坰。溯溪终水涉。登岭始山行。野旷沙岸净。天高秋月明。憩石挹飞泉。攀林搴落英。战胜臞者肥。鉴止流归停。即是羲唐化。获我击壤情。汉书曰。广德当宣。近于知耻。谓彭宣、薛广德也。贡公，指贡禹。○邴生、谓曼容。养志自修。为官不肯过六百石。辄自免去。○子夏曰。吾入见先王之义则荣之。出见富贵又荣之。二者战于胸臆。故臞。今见先王之义战胜。故肥也。○文子曰。莫监于流潦。而监于止水。

夜宿石门诗

朝搴苑中兰。畏彼霜下歇。暝还云际宿。弄此石上月。鸟鸣识夜栖。木落知风发。异音同至听。殊响俱清越。妙物莫为赏。芳醑谁与伐。美人竟不来。阳阿徒晞发。异音同至听、空翠难强名。皆谢公独造语。

入彭蠡湖口

客游倦水宿。风潮难具论。洲岛骤回合。圻岸屡崩奔。乘月听哀狖。浥露馥芳荪。春晚绿野秀。岩高白云屯。千念集日夜。万感盈朝昏。攀崖照石镜。牵叶入松门。三江事多往。九派理空存。灵物� 珍怪。异人秘精魂。金膏灭明光。水碧缀流温。徒作千里曲。弦绝念弥敦。

入华子冈是麻源第三谷

南州实炎德。桂树凌寒山。铜陵映碧涧。石磴泻红泉。既枉隐沦客。亦栖肥遁贤。险径无测度。天路非术阡。遂登群峰首。邈若升云烟。羽人绝仿佛。丹兵徒空筌。图牒复摩灭。碑版谁闻传。莫辨百代后。安知千载前。且申独往意。乘月弄潺湲。恒充俄顷用。岂为古今然。

岁　暮

殷忧不能寐。苦此夜难颓。明月照积雪。朔风劲且哀。运往无淹物。年逝觉已催。阙文。

古诗源卷十一

宋　诗

谢　瞻

答灵运

夕霁风气凉。闲房有余清。开轩灭华烛。月露皓已盈。独夜无物役。寝者亦云宁。忽获愁霖唱。怀劳奏所诚。叹彼行旅艰。深兹眷言情。伊余虽寡慰。殷忧暂为轻。牵率酬嘉藻。长揖愧吾生。

九日从宋公戏马台集送孔令诗

宋高祖游戏马台送孔靖。命僚佐赋诗。瞻作冠于一时。

风至授寒服。霜降休百工。繁林收阳彩。密苑解华丛。巢幕无留燕。遵渚有来鸿。轻霞冠秋日。迅商薄清穹。圣心眷嘉节。扬銮戾行宫。四筵沾芳醴。中堂起丝桐。扶光迫西汜。欢余宴有穷。逝矣将归客。养素克有终。临流怨莫从。欢心叹飞蓬。淮南子曰。日出旸谷拂扶桑。楚辞曰。出自旸谷。次于蒙汜。时晋帝尚存。而崇媚宋公至此。视渊明有余惭矣。康乐篇亦然。

谢惠连

谢宣远诗。一味镂刻。失自然之致。咏张子房作。为生硬之尤者。虽当时推重。删之。

捣　衣

衡纪无淹度。晷运倏如摧。白露滋园菊。秋风落庭槐。肃肃莎鸡羽。烈烈寒螿啼。夕阴结空幕。宵月皓中闺。美人戒裳服。端饬相招携。簪玉出北房。鸣金步南阶。楣高砧响发。楹长杵声哀。微芳起两袖。轻汗染双题。纨素既已成。君子行未归。裁用笥中刀。缝为万里衣。盈箧自余手。幽缄俟君开。腰带准畴昔。不知今是非。汉书曰。用昏建者杓夜半。建者，衡。衡，斗之中央也。一结能作情语。不入纤靡。

西陵遇风献康乐

我行指孟春。春仲尚未发。趣途远有期。念离情无歇。成装候良辰。漾舟陶嘉月。瞻涂意少惊。还顾情多阙。楚辞曰。陶嘉月兮总驾。陶，喜也。

哲兄感仳别。相送越坰林。饮饯野亭馆。分袂澄湖阴。凄凄留子言。眷眷浮客心。回塘隐舻栧。远望绝形音。

靡靡即长路。戚戚抱遥悲。悲遥但自弭。路长当语谁。行行道转远。去去情弥迟。昨发浦阳汭。今宿浙江湄。

屯云蔽曾岭。惊风涌飞流。零雨润坟泽。落雪洒林丘。浮氛
晦崖巘。积素或原畴。曲汜薄停旅。通川绝行舟。

临津不得济。仚楫阻风波。萧条洲渚际。气色少谐和。西瞻
兴游叹。东睇起凄歌。积愤成疢痡。无萱将如何。<small>雅音徘徊。清婉
可诵。</small>

秋　怀

平生无志意。少小婴忧患。如何乘苦心。矧复值秋晏。皎皎
天月明。奕奕河宿烂。萧瑟含风蝉。寥唳度云雁。寒商动清闺。
孤灯暖幽幔。耿介繁虑积。展转长宵半。夷险难预谋。倚伏昧前
算。虽好相如达。不同长卿慢。颇悦郑生偃。无取白衣宦。未知
古人心。且从性所玩。宾至可命筋。朋来当染翰。高台骤登践。
清浅时陵乱。颓魄不再圆。倾羲无两旦。金石终销毁。丹青暂雕
焕。各勉玄发欢。无贻白首叹。因歌遂成赋。聊用布亲串。<small>虽好
相如之达。而不同其慢；颇悦郑均之偃仰。而无取其为白衣尚书。故下云且
从性所玩也。汲冢纪年。懿王元年。天再旦于郑。○串、音惯。读作穿上声
者非。</small>

泛湖归出楼中望月

日落泛澄瀛。星罗游轻桡。憩树面曲汜。临流对回潮。辍策
共骈筵。并坐相招要。哀鸿鸣沙渚。悲猿响山椒。亭亭映江月。
飐飐出谷飙。斐斐气羃岫。泫泫露盈条。近瞩祛幽蕴。远视荡喧
嚣。晤言不知罢。从夕至清朝。

谢　庄

北宅秘园

夕天霁晚气。轻霞澄暮阴。微风清幽幌。余日照青林。收光渐窗歇。穷园自荒深。绿池翻素景。秋怀响寒音。伊人悦同爱。弦酒共栖寻。栖寻。谓同栖息、同游寻也。○诸谢诗独详康乐。余所收从略。

鲍　照

明远乐府。如五丁凿山。开人世所未有。后太白往往效之。五言古亦在颜、谢之间。抗音吐怀。每成亮节。其高处远轶机、云。上追操、植。五言古雕琢与谢公相似。自然处不及。

代东门行代，犹拟也。

伤禽恶弦惊。倦客恶离声。离声断客情。宾御皆涕零。涕零心断绝。将去复还诀。一息不相知。何况异乡别。遥遥征驾远。杳杳白日晚。居人掩闺卧。行子夜中饭。野风吹秋木。行子心肠断。食梅常苦酸。衣葛常苦寒。丝竹徒满座。忧人不解颜。长歌欲自慰。弥起长恨端。食梅常苦酸一联。与青青河畔草篇忽入枯桑知天风。海水知天寒。一种神理。

代放歌行

蓼虫避葵堇。习苦不言非。小人自龌龊。安知旷士怀。鸡鸣洛城里。禁门平旦开。冠盖纵横至。车骑四方来。素带曳长飙。华缨结远埃。日中安能止。钟鸣犹未归。夷世不可逢。贤君信爱才。明虑自天断。不受外嫌猜。一言分珪爵。片善辞草莱。岂伊白璧赐。将起黄金台。今君有何疾。临路独迟回。楚辞日。蓼虫不徒乎葵藿。言蓼虫处辛辣。食苦恶。不徒葵藿。食甘美也。〇素带二语。写尽富贵人尘俗之状。汉诗中所谓冠带日相索也。

代白头吟

直如朱丝绳。清如玉壶冰。何惭宿昔意。猜恨坐相仍。人情贱恩旧。世议逐衰兴。毫发一为瑕。丘山不可胜。食苗实硕鼠。点白信苍蝇。凫鹄远成美。薪刍前见陵。申黜褒女进。班去赵姬升。周王日沦惑。汉帝益嗟称。心赏犹难恃。貌恭岂易凭。古来共如此。非君独抚膺。凫鹄远成美。言鸡以近而忘其美。鹄以所从来远而觉其美也。用田饶答鲁哀公语意。〇薪刍前见陵。陵、侵也。即譬如积薪。后来者处上意。

代东武吟

主人且勿喧。贱子歌一言。仆本寒乡士。出身蒙汉恩。始随张校尉。占募到河源。后逐李轻车。追虏穷塞垣。密涂亘万里。宁岁犹七奔。肌力尽鞍甲。心思历凉温。将军既下世。部曲亦罕存。时事一朝异。孤绩谁复论。少壮辞家去。穷老还入门。腰镰刈葵藿。倚杖牧鸡豚。昔如鞲上鹰。今似槛中猿。徒结千载恨。

219

空负百年怨。平声。弃席思君幄。疲马恋君轩。愿垂晋主惠。不愧田子魂。张校尉谓张骞。李轻车谓李蔡。○七奔。左传。吴入州来。子重，子反。于是乎一岁七奔命。○弃席，用晋文公事。疲马，用田子方事。俱见韩诗外传。

代出自蓟北门行

羽檄起边亭。烽火入咸阳。征师屯广武。分兵救朔方。严秋筋竿劲。虏阵粗且强。天子按剑怒。使者遥相望。雁行缘石径。鱼贯度飞梁。箫鼓流汉思。旌甲被胡霜。疾风冲塞起。沙砾自飘扬。马毛缩如猬。角弓不可张。时危见臣节。世乱识忠良。投躯报明主。身死为国殇。明远能为抗壮之音。颇似孟德。

代鸣雁行

邕邕鸣雁鸣始旦。齐行命侣入云汉。中夜相失群离乱。留连徘徊不忍散。憔悴仪容君不知。辛苦风霜亦何为。

代淮南王

淮南王。好长生。服食炼气读仙经。琉璃作碗牙作盘。金鼎玉匕合神丹。合神丹。戏紫房。紫房彩女弄明珰。鸾歌凤舞断君肠。朱城九门门九闺。愿逐明月入君怀。入君怀。结君佩。怨君恨君恃君爱。筑城思坚剑思利。同盛同衰莫相弃。怨、恨、爱并在一句中。是乐府句法。下筑城句。是乐府神理。

代春日行

献岁发。吾将行。春山茂。春日明。园中鸟。多嘉声。梅始发。桃始青。泛舟舻。齐棹惊。奏采菱。歌鹿鸣。微风起。波微生。弦亦发。酒亦倾。入莲池。折桂枝。芳袖动。芬叶披。两相思。两不知。<small>声情骀宕。末六字比心悦君兮君不知更深。</small>

代白纻舞歌辞四首

<small>系奉诏作。</small>

吴刀楚制为佩袆。纤罗雾谷垂羽衣。含商咀征歌露晞。珠履飒沓纨袖飞。凄风夏起素云回。车怠马烦客忘归。兰膏明烛承夜辉。

桂宫柏寝拟天居。朱爵文窗韬绮疏。象床瑶席镇犀渠。雕屏匼匝组帷舒。秦筝赵瑟挟笙竽。垂珰散珮盈玉除。停觞不语欲谁须。

三星参差露沾湿。弦悲管清月将入。寒光萧条候虫急。荆王流叹楚妃泣。红颜难长时易戢。凝华结藻久延立。非君之故岂安集。

池中赤鲤庖所捐。琴高乘去腾上天。命逢福世丁溢恩。簪金藉绮升曲弦。恩厚德深委如山。洁诚洗志期暮年。乌白马角宁足言。

拟行路难

奉君金卮之美酒。玳瑁玉匣之雕琴。七彩芙蓉之羽帐。九华葡萄之锦衾。红颜零落岁将暮。寒光宛转时欲沉。愿君裁悲且减思。听我抵节行路吟。不见柏梁铜雀上。宁闻古诗清吹音。

洛阳名工铸为金博山。千斫复万镂。上刻秦女携手仙。承君清夜之欢娱。列置帏里明烛前。外发龙鳞之丹彩。内含麝芬之紫烟。如今君心一朝异。对此长叹终百年。

璇闺玉墀上椒阁。文窗绣户垂罗幕。中有一人字金兰。被服纤罗采芳藿。春燕参差风散梅。开帏对景弄春爵。含歌揽涕恒抱愁。人生几时得为乐。宁作野中之双凫。不愿云间之别鹤。

泻水置平地。各自东西南北流。人生亦有命。安能行叹复坐愁。酌酒以自宽。举杯断绝歌路难。心非木石岂无感。吞声踯躅不敢言。*妙在不曾说破。读之自然生愁。○起手无端而下。如黄河落天走东海也。若移在中间。犹是恒调。*

对案不能食。拔剑击柱长叹息。丈夫生世会几时。安能蹀躞垂羽翼。弃置罢官去。还家自休息。朝出与亲辞。暮还在亲侧。弄儿床前戏。看妇机中织。自古圣贤尽贫贱。何况我辈孤且直。*家庭之乐。岂宦游可比。明远乃亦不免俗见耶。江淹恨赋。亦以左对孺人。顾弄稚子为恨。功名中人。怀抱尔尔。*

愁思忽而至。跨马出北门。举头四顾望。但见松柏园。荆棘郁蹲蹲。中有一鸟名杜鹃。言是古时蜀帝魂。声音哀苦鸣不息。羽毛憔悴似人髡。飞走树间啄虫蚁。岂忆往日天子尊。念此死生变化非常理。中心恻怆不能言。

中庭五株桃。一株先作花。阳春妖冶二三月。从风簸荡落西家。西家思妇见悲惋。零泪沾衣抚心叹。初我送君出户时。何言淹留节回换。床席生尘明镜垢。纤腰瘦削发蓬乱。人生不得恒称意。惆怅倚徙至夜半。

锉蘖染黄丝。黄丝历乱不可治。我昔与君始相值。尔时自谓可君意。结带与君言。死生好恶不相置。今朝见我颜色衰。意中索寞与先异。还君金钗玳瑁簪。不忍见之益愁思。悲凉跌宕。曼声促节。体自明远独创。

梅花落

中庭杂树多。偏为梅咨嗟。问君何独然。念其霜中能作花。霜中能作实。摇荡春风媚春日。念尔零落逐寒风。徒有霜华无霜质。以花字联上嗟字成韵。以实字联下日字成韵。格法甚奇。

登黄鹤矶

木落江渡寒。雁还风送秋。临流断商弦。瞰川悲棹讴。适郢无东辕。还夏有西浮。三崖隐丹磴。九派引沧流。泪竹感湘别。弄珠怀汉游。岂伊药饵泰。得夺旅人忧。出语苍坚。发端有力。

日落望江赠荀丞

旅人乏愉乐。薄暮增思深。日落岭云归。延颈望江阴。乱流灇大壑。长雾匝高林。林际无穷极。云边不可寻。惟见独飞鸟。千里一扬音。推其感物情。则知游子心。君居帝京内。高会日挥金。岂念慕群客。咨嗟恋景沉。

吴兴黄浦亭庾中郎别

风起洲渚寒。云上日无辉。连山眇烟雾。长波迥难依。旅雁方南过。浮客未西归。已经江海别。复与亲眷违。奔景易有穷。离袖安可挥。欢觞为悲酌。歌服成泣衣。温念终不渝。藻志远存追。役人多牵滞。顾路惭奋飞。昧心附远翰。炯言藏佩韦。

赠傅都曹别

轻鸿戏江潭。孤雁集洲沚。邂逅两相亲。缘念共无已。风雨
好东西。一隔顿万里。追忆栖宿时。声容满心耳。落日川渚寒。
愁云绕天起。短翮不能翔。徘徊烟雾里。

行京口至竹里

高柯危且竦。锋石横复仄。复涧隐松声。重崖伏云色。冰闭
寒方壮。风动鸟倾翼。斯志逢雕严。孤游值曛逼。兼涂无憩鞍。
半菽不遑食。君子树令名。细人效命力。不见长河水。清浊俱
不息。

上浔阳还都道中作

昨夜宿南陵。今旦入芦洲。客行惜日月。崩波不可留。侵星
赴早路。毕景逐前俦。鳞鳞夕云起。猎猎晚风遒。腾沙郁黄雾。
翻浪扬白鸥。登舻眺淮甸。掩泣望荆流。绝目尽平原。时见远烟
浮。倏悲坐还合。俄思甚兼秋。未尝违户庭。安能千里游。谁令
乏古节。贻此越乡忧。

发后渚

江上气早寒。仲秋始霜雪。从军乏衣粮。方冬与家别。萧条
背乡心。凄怆清渚发。凉埃晖平皋。飞潮隐修樾。孤光独徘徊。

空烟视升灭。涂随前峰远。意逐后云结。华志分驰年。韶颜惨惊节。推琴三起叹。声为君断绝。琢句宁生涩。不肯凡近。

咏 史

五都矜财雄。三川养声利。千金不市死。明经有高位。京城十二衢。飞甍各鳞次。仕子彯华缨。游客竦轻辔。明星晨未晞。轩盖已云至。宾御纷飒沓。鞍马光照地。寒暑在一时。繁华及春媚。君平独寂寞。身世两相弃。陶朱公曰。吾闻千金之子。不死于市。○住得斗绝。昔人所谓勒舞马势也。

拟 古

鲁客事楚王。怀金袭丹素。既荷主人恩。又蒙令尹顾。日晏罢朝归。舆马塞衢路。宗党生光华。宾仆远倾慕。富贵人所欲。道德亦何惧。南国有儒生。迷方独沦误。伐木清江湄。设置守麏兔。十五讽诗书。篇翰靡不通。弱冠参多士。飞步游秦宫。侧睹君子论。预见古人风。两说穷舌端。五车摧笔锋。羞当白璧贶。耻受聊城功。晚节从世务。乘障远和戎。解佩袭犀渠。卷帙奉卢弓。始愿力不足。安知今所终。韩诗外传。楚襄王遣使者持金千斤。白璧百双。聘庄子为相。庄子不许。

幽并重骑射。少年好驰逐。毡带佩双鞬。象弧插雕服。兽肥春草短。飞鞚越平陆。朝游雁门上。暮还楼烦宿。石梁有余劲。惊雀无全目。汉虏方未和。边城屡翻覆。留我一白羽。将以分符竹。阚子曰。宋景公使弓人为弓。九年乃成。公援弓东面而射之。矢逾于西霜之山。集于彭城之东。其余力益劲。犹饮羽于石梁。帝王世纪曰。羿与吴贺北游。贺使羿射雀。羿曰。生之乎。杀之乎。贺曰。射其左目。羿中其右目。抑首而愧。终身不忘。

凿井北陵隈。百丈不及泉。生事本澜漫。何用独精坚。幼壮重寸阴。衰暮及轻年。放驾息朝歌。提爵止中山。日夕登城隅。周回视洛川。街衢积冻草。城郭宿寒烟。繁华悉何在。宫阙久崩填。空谤齐景非。徒称夷叔贤。末即贤愚同尽意。

河畔草未黄。胡雁已矫翼。秋萤扶户吟。寒妇成夜织。去岁征人还。流传旧相识。闻君上陇时。东望久叹息。宿昔改衣带。朝旦异容色。念此忧如何。夜长愁更多。明镜尘匣中。瑶琴生网罗。扶户吟。扶，犹依也。

蜀汉多奇山。仰望与云平。阴崖积夏雪。阳谷散秋荣。朝朝见云归。夜夜闻猿鸣。忧人本自悲。孤客易伤情。临堂设樽酒。留酌思平生。石以坚为性。君勿惭素诚。拟古诸作。得陈思太冲遗意。

绍古辞

橘生湘水侧。菲陋人莫传。逢君金华宴。得在玉几前。三川穷名利。京洛富妖妍。恩荣难久恃。隆宠易衰偏。观席妾凄怆。睹翰君泫然。徒抱忠孝志。犹为葑菲迁。

昔与君别时。蚕妾初献丝。何言年月驶。寒衣已捣治。绦绣多废乱。篇帛久尘缁。离心壮为剧。飞念如悬旗。石席我不爽。德音君勿欺。易旌为旗。古人亦有此种强押。

瑟瑟凉海风。竦竦寒山木。纷纷羁思盈。慊慊夜弦促。访言山海路。千里歌别鹤。弦绝空咨嗟。形音谁赏录。辛苦异人状。美貌改如玉。徒畜巧言鸟。不解心款曲。

学刘公干体

胡风吹朔雪。千里度龙山。集君瑶台上。飞舞两楹前。兹晨自为美。当避艳阳天。艳阳桃李节。皎洁不成妍。

遇铜山掘黄精

土肪闷中经。水芝韬内策。宝饵缓童年。命药驻衰历。矧蓄终古情。重拾烟雾迹。羊角栖断云。樝口流隘日。铜溪昼森沉。乳窦夜涓滴。既类风门磴。复像天井壁。蹀蹀寒叶离。瀁瀁秋水积。松色随野深。月露依草白。空守江海思。岂怀梁郑客。得仁古无怨。顺道今何惜。清而幽。谢公诗中无此一种。此唐人先声也。

秋　夜

遁迹避纷喧。货农栖寂寞。荒径驰野鼠。空庭聚山雀。既远人世欢。还赖泉卉乐。折柳樊场圃。负绠汲潭壑。霁旦见云峰。风夜闻海鹤。江介早寒来。白露先秋落。麻垄方结叶。瓜田已扫箨。倾晖忽西下。回景思华幕。攀萝席中轩。临觞不能酌。终古自多恨。幽悲共沦铄。

玩月城西门廨中

始见西南楼。纤纤如玉钩。末映西北墀。娟娟似蛾眉。蛾眉蔽珠栊。玉钩隔琐窗。三五二八时。千里与君同。夜移衡汉落。裴徊帷户中。归华先委露。别叶早辞风。客游厌苦辛。仕子倦飘尘。休浣自公日。宴慰及私辰。蜀琴抽白雪。郢曲发阳春。肴干酒未阕。金壶起夕沦。回轩驻轻盖。留酌待情人。少陵所云俊逸。应指此种。

鲍令晖

代葛沙门妻郭小玉作

明月何皎皎。垂幌照罗茵。若共相思夜。知同忧怨晨。芳华岂矜貌。霜露不怜人。君非青云逝。飘迹事咸秦。妾持一生泪。经秋复度春。

题书后寄行人

自君之出矣。临轩不解颜。砧杵夜不发。高门昼恒关。帐中流熠耀。庭前华紫兰。杨枯识节异。鸿归知客寒。游用暮冬尽。除春待君还。杨枯十字作意。

吴迈远

胡笳曲

轻命重意气。古来岂但今。缓颊献一说。扬眉受千金。边风落寒草。鸣笳堕飞禽。越情结楚思。汉耳听胡音。既怀离俗伤。复悲朝光侵。日当故乡没。遥见浮云阴。

古意赠今人

寒乡无异服。毡褐代文练。日日望君归。年年不解绽。荆扬春蚕和。幽蓟犹霜霰。北寒妾已知。南心君不见。谁为道辛苦。寄情双飞燕。形迫杼煎丝。颜落风催电。容华一朝改。惟余心不变。<small>北寒南心。巧于著词。</small>

长相思

晨有行路客。依依造门端。人马风尘色。知从河塞还。时我有同栖。结宦游邯郸。将不异客子。分饥复共寒。烦君尺帛书。寸心从此殚。遣妾长憔悴。岂复歌笑颜。檐隐千霜树。庭枯十载兰。经春不举袖。秋落宁复看。一见愿道意。君门已九关。虞卿弃相印。担簦为同欢。闺阴欲蚤霜。何事空盘桓。

王　徽

杂　诗

思妇临高台。长想凭华轩。弄弦不成曲。哀歌送苦言。箕帚留江介。良人处雁门。讵忆无衣苦。但知狐白温。日暗牛羊下。野雀满空园。孟冬寒风起。东壁正中昏。朱火独照人。抱景自愁怨。谁知心曲乱。所思不可论。

王僧达

答颜延年

长卿冠华阳。仲连擅海阴。珪璋既文府。精理亦道心。君子耸高驾。尘轨实为林。崇情符远迹。清气溢素襟。结游略年义。笃顾弃浮沈。寒荣共偃曝。春酝时献斟。聿来岁序暄。轻云出东岑。麦垄多秀色。杨园流好音。欢此乘日暇。忽忘逝景侵。幽衷何用慰。翰墨久谣吟。栖凤难为条。淑觌非所临。诵以永周旋。匪以代兼金。亦著意追琢。答颜诗与颜体相似。○庄子曰。忘年志义。振于无境。

和琅琊王依古

少年好驰侠。旅宦游关源。既践终古迹。聊讯兴亡言。隆周为薮泽。皇汉成山樊。久没离宫地。安识寿陵园。仲秋边风起。孤蓬卷霜根。白日无精景。黄沙千里昏。显轨莫殊辙。幽途岂异魂。圣贤良已矣。抱命复何怨。寿陵，景帝陵也。

沈庆之

侍宴诗

南史云。孝武令群臣赋诗。庆之有口辩。手不能书。上令作赋。庆之曰。臣请口授师伯。上令颜师伯执笔。庆之云云。上甚悦。众坐并称其词意之美。

微生遇多幸。得逢时运昌。朽老筋力尽。徒步还南冈。辞荣此圣世。何愧张子房。武臣诗不嫌其直。与曹景宗诗并传。

陆 凯

赠范晔诗

荆州记曰。凯与范晔交善。自江南寄梅花一枝与晔。赠诗云云。

折梅逢驿使。寄与陇头人。江南无所有。聊赠一枝春。

汤惠休

怨诗行

明月照高楼。含君千里光。巷中情思满。断绝孤妾肠。悲风荡帷帐。瑶翠坐自伤。妾心依天末。思与浮云长。啸歌视秋草。幽叶岂再扬。暮兰不待岁。离华能几芳。愿作张女引。流悲绕君堂。君堂严且秘。绝调徒飞扬。只一起便是绝唱。文通碧云之句。庶足相拟。禅寂人作情语。转觉入微。微处亦可证禅也。○颜延之谓惠休制作委巷间歌谣耳。方当误后生。岂因其近于艳耶。

刘 侯

诗一首

城上草。植根非不高。所恨风霜蚤。似谣。

渔 父

答孙缅歌

南史。浔阳太守孙缅遇渔父。与论用世之道。渔父
曰。仆山海狂人。不达世务。未辨贫贱。无论荣贵。乃
歌云云。于是悠然鼓而去。

竹竿籊籊。河水浟浟。相忘为乐。贪饵吞钩。非夷非惠。聊
以忘忧。东方先生曰。首阳为拙。柳下为工。此斟酌于工拙之间。

宋人歌

南史。檀道济宋之良将。为敌所畏。宋主疑而杀
之。宋人作歌。

可怜白符鸠。枉杀檀江州。

石城谣

　　南史。袁粲谋举兵诛齐高帝。褚渊发其谋。粲遇害。而渊独辅政。百姓语曰。

可怜石头城。宁为袁粲死。不作褚渊生。

青溪小姑歌

　　蒋侯妹。

日暮风吹。叶落依枝。丹心寸意。愁君未知。

古诗源卷十二

齐　诗

谢　朓

　　玄晖灵心秀口。每诵名句。渊然泠然。觉笔墨之中。笔墨之外。别有一段深情妙理。○康乐每板拙。玄晖多清俊。然诗品终在康乐下。能清不能厚也。

江上曲

　　易阳春草出。踟蹰日已暮。莲叶尚田田。淇水不可渡。愿子淹桂舟。时同千里路。千里既相许。桂舟复容与。江上可采菱。清歌共南楚。

同谢谘议咏铜雀台

　　缧帷飘井干。罇酒若平生。郁郁西陵树。讵闻鼓吹声。芳襟染泪迹。婵娟空复情。玉座犹寂寞。况乃妾身轻。笑魏武也。而托之于树。何等含蕴。可悟立言之妙。

玉阶怨

夕殿下珠帘。流萤飞复息。长夜缝罗衣。思君此何极。竟是
唐人绝句。在唐人中为最上者。

金谷聚

渠碗送佳人。玉杯邀上客。车马一东西。别后思今夕。别离
情事。以澹澹语出之。其情自深。苏李诗亦不作蹙蹙声也。

入朝曲

隋王鼓吹曲十首之一。

江南佳丽地。金陵帝王州。逶迤带绿水。迢递起朱楼。飞甍
夹驰道。垂杨荫御沟。凝笳翼高盖。叠鼓送华辀。献纳云台表。
功名良可收。

同王主簿有所思

佳期期未归。望望下鸣机。徘徊东陌上。月出行人稀。即景
含情。怨在言外。

京路夜发

自丹阳之宣城郡。

扰扰整夜装。肃肃戒徂两。晓星正寥落。晨光复泱漭。犹沾余露团。稍见朝霞上。故乡邈已夐。山川修且广。文奏方盈前。怀人去心赏。敕躬每蹢躅。瞻恩惟震荡。行矣倦路长。无由税归鞅。

和徐都曹出新亭渚

徐勉有昧旦出新亭渚诗。

宛洛佳遨游。春色满皇州。结轸青郊路。回瞰苍江流。日华川上动。风光草际浮。桃李成蹊径。桑榆荫道周。东都已俶载。言归海绿畴。

游敬亭山

兹山亘百里。合沓与云齐。隐沦既已托。灵异居然栖。上干蔽白日。下属带回溪。交藤荒且蔓。樛枝耸复低。独鹤方朝唳。饥鼯此夜啼。渫云已漫漫。夕雨亦凄凄。我行虽纡组。兼得寻幽蹊。缘源殊未极。归径宕如迷。要欲追奇趣。即此凌丹梯。皇恩竟已矣。兹理庶无睽。

游东田

戚戚苦无悰。携手共行乐。寻云陟累榭。随山望菌阁。远树暧阡阡。生烟纷漠漠。鱼戏新荷动。鸟散余花落。不对芳春酒。还望青山郭。

暂使下都夜发新林至京邑赠西府同僚

大江流日夜。客心悲未央。徒念关山近。终知返路长。秋河
曙耿耿。寒渚夜苍苍。引领见京室。宫雉正相望。金波丽鸤鹊。
玉绳低建章。驱车鼎门外。思见昭丘阳。驰晖不可接。何况隔两
乡。风云有鸟道。江汉限无梁。常恐鹰隼击。时菊委严霜。寄言
蹑罗者。寥廓已高翔。成王定鼎于郏鄏。其南门曰鼎门。○一起滔滔莽
莽。其来无端。望京一段。眷恋不已。○秋河六语。应关山近。驱车六语。
应返路长。时眺被谗而去。故有末二语。言已翔乎寥廓。罗者无如何也。用
长卿难父老篇语意。

酬王晋安

梢梢枝早劲。涂涂露晚晞。南中荣橘柚。宁知鸿雁飞。拂雾
朝青阁。日旰坐彤闱。怅望一途阻。参差百虑依。春草秋更绿。
公子未西归。谁能久京洛。缁尘染素衣。楚辞曰。白露纷以涂。涂、
谓厚也。○鸿雁南栖衡阳。不入晋安之郡。故曰宁知。晋安，即今之泉州。

郡内高斋闲望答吕法曹

郡为宣城郡。

结构何迢递。旷望极高深。窗中列远岫。庭际俯乔林。日出
众鸟散。山暝孤猿吟。已有池上酌。复此风中琴。非君美无度。
孰为劳寸心。惠而能好我。问以瑶华音。若遗金门步。见就玉
山岑。

新亭渚别范零陵云

洞庭张乐地。潇湘帝子游。云去苍梧野。水还江汉流。停骖我怅望。辍棹子夷犹。广平听方籍。茂陵将见求。心事俱已矣。江上徒离忧。言范同广平。而声听方籍。已当居茂陵之下。将因彼而求见也。郭裒为广平太守。

之宣城郡出新林浦向板桥

江路西南永。归流东北骛。天际识归舟。云中辨江树。旅思倦摇摇。孤游昔已屡。既欢怀禄情。复协沧洲趣。嚣尘自兹隔。赏心于此遇。虽无玄豹姿。终隐南山雾。

在郡卧病呈沈尚书

尚书。约也。

淮阳股肱守。高卧犹在兹。况复南山曲。何异幽栖时。连阴盛农节。笤笠聚东菑。高阁常昼掩。荒阶少净辞。珍簟清夏室。轻扇动凉飔。嘉鲂聊可荐。渌蚁方独持。夏李沈朱实。秋藕折轻丝。良辰竟何许。夙昔梦佳期。坐啸徒可积。为邦岁已期。弦歌终莫取。抚几令自嗤。南阳太守弘农成缙。任功曹岑旺。时人语曰。南阳太守岑公孝。弘农成缙但坐啸。

晚登三山还望京邑

灞涘望长安。河阳视京县。白日丽飞甍。参差皆可见。余霞散成绮。澄江静如练。喧鸟覆春洲。杂英满芳甸。去矣方滞淫。怀哉罢欢宴。佳期怅何许。泪下如流霰。有情知望乡。谁能鬒不变。

直中书省

紫殿肃阴阴。彤庭赫弘敞。风动万年枝。日华承露掌。玲珑结绮钱。深沈映朱网。红药当阶翻。苍苔依砌上。兹言翔凤池。鸣珮多清响。信美非吾室。中园思偃仰。朋情以郁陶。春物方骀荡。安得凌风翰。聊恣山泉赏。_{东宫旧事曰。窗有四面。结绮连钱。}

宣城郡内登望

借问下车日。匪直望舒圆。寒城一以眺。平楚正苍然。山积陵阳阻。溪流春谷泉。威纡距遥甸。巉岩带远天。切切阴风暮。桑柘起寒烟。怅望心已极。惝恍魂屡迁。结发倦为旅。平生早事边。谁规鼎食盛。宁要狐白鲜。方弃汝南诺。言税辽东田。_{寒城一联格高。朱子亦赏之。〇续汉书曰。汝南太守宗资。任用范滂。时人谣曰。汝南太守范孟博。南阳宗资主画诺。〇魏志曰。管宁闻公孙度令行海外。遂至辽东。}

高斋视事

余雪映青山。寒雾开白日。暧暧江村见。离离海树出。披衣就清盥。凭轩方秉笔。列俎归单味。连驾止容膝。空为大国忧。纷诡谅非一。安得扫蓬径。锁吾愁与疾。_{起四句写雪后入神。}

落日怅望

昧旦多纷喧。日晏未遑舍。落日余清阴。高枕东窗下。寒槐渐如束。秋菊行当把。借问此何时。凉风怀朔马。已伤暮归客。复思离居者。情嗜幸非多。案牍偏为寡。既乏琅琊政。方憩洛阳社。

移病还园示亲属

疲策倦人世。敛性就幽蓬。停琴伫凉月。灭烛听归鸿。凉蒹乘暮析。秋华临夜空。叶低知露密。崖断识云重。折荷葺寒袂。开镜盼衰容。海暮腾清气。河关秘栖冲。烟衡时未歇。芝兰去相从。

送江兵曹檀主簿朱孝廉还上国

方舟泛春渚。携手趋上京。安知慕归客。讵意山中情。香风蕊上发。好鸟叶间鸣。挥袂送君已。独此夜琴声。

秋　夜

秋夜促织鸣。南邻捣衣急。思君隔九重。夜夜空伫立。北窗轻幔垂。西户月光入。何知白露下。坐视阶前湿。谁能长分居。秋尽冬复及。

和何议曹郊游

春心澹容与。挟弋步中林。朝光映红萼。微风吹好音。江陲得清赏。山际果幽寻。未尝远离别。知此惬归心。流溯终靡已。嗟行方至今。

和王著作融八公山

谢玄败符坚处。

二别阻汉坻。双崤望河澳。兹岭复巉岏。分区奠淮服。东限琅琊台。西距孟诸陆。阡眠起杂树。檀栾荫修竹。日隐涧疑空。云聚岫如复。出没眺楼雉。远近送春目。戎州昔乱华。素景沦伊谷。阽危赖宗衮。微管寄明牧。长蛇固能翦。奔鲸自此曝。道峻芳尘流。业遥年运倏。平生仰令图。吁嗟命不淑。浩荡别亲知。连翩戒征轴。再远馆娃宫。两去河阳谷。风烟四时犯。霜雨朝夜沐。春秀良已雕。秋场庶能筑。戎州乱华，谓符坚。素景，谓晋以金德王也。〇宗衮，谓谢安。明牧，谓谢玄。微管，即微管仲吾其被发左衽意。古人引用。多割截者。〇长蛇奔鲸。喻符坚、符融也。平生仰令图以下。皆眺自谓。〇小谢诗俱极流利。而此篇及和伏武昌作。典重质实。俱宗仰康乐。

和伏武昌登孙权故城

伏曼容为武昌太守。

炎灵遗剑玺。当涂骇龙战。圣期缺中壤。霸功兴宇县。鹊起

244

登吴山。凤翔凌楚甸。衿带穷岩险。帷帟_{音亦}尽谋选。北拒溺
骖镳。西亀收组练。江海既无波。俯仰流英盼。裘冕类禋郊。卜
揆崇离殿。钓台临讲阅。樊山开广宴。文物共葳蕤。声明且葱
蒨。三光厌分景。书轨欲同荐。参差世祀忽。寂寞市朝变。舞馆
识余基。歌梁想遗啭。故林衰木平。芳池秋草遍。雄图怅若兹。
茂宰深遐睠。幽客滞江皋。从赏乖缨弁。清厄阻献酬。良书限闻
见。幸藉芳音多。承风采余绚。于役倘有期。鄂渚同游衍。炎灵，
谓汉。当涂，谓魏。言当道而高大者。魏也。〇帷帟尽谋选。言帷帐共事者
皆善谋。而诸侯之选也。〇北拒，谓御曹操。西亀，谓败西蜀。亀与戡同。
〇周礼曰。王祀昊天上帝。则服大裘而冕。祀五帝亦如之。卜揆，即卜云其
吉。揆之以日。言作室也。〇三国名臣颂曰。三光参分。宇宙暂隔。此言厌
分景者。几欲混一天下也。参差世祀忽以下。指亡国后说。〇茂宰、谓伏武
昌。幽客。自谓。〇墨子曰。墨子献书于惠王。王受而读之曰。此良书也。
此指武昌原作。〇宣城系遥和。非共登城者。玩末二句自见。

新治北窗和何从事

国小暇日多。民淳纷务屏。辟牖期清旷。开帘候风景。泱泱
日照溪。团团云去岭。岩嵘兰橑峻。骈阗石路整。池北树如浮。
竹外山犹影。自来弥弦望。及君临箕颍。清文蔚且咏。微言超已
领。不见城壕侧。思君朝夕顷。回舟方在辰。何以慰延颈。

和江丞北戍琅琊城

春城丽白日。阿阁跨层楼。苍江忽渺渺。驱马复悠悠。京洛
多尘雾。淮济未安流。岂不思抚剑。惜哉无轻舟。夫君良自勉。
岁暮勿淹留。

和王中丞闻琴

凉风吹月露。圆景动清阴。蕙风入怀抱。闻君此夜琴。萧瑟满林听。轻鸣响涧音。无为澹容与。蹉跎江海心。

离　夜

玉绳隐高树。斜汉耿层台。离堂华烛尽。别幌清琴哀。翻潮尚知恨。客思渺难裁。山川不可尽。况乃故人杯。

王孙游

绿草蔓如丝。杂树红英发。无论君不归。君归芳已歇。

临溪送别

怅望南浦时。徙倚北梁步。叶上凉风初。日隐轻霞暮。荒城迥易阴。秋溪广难渡。沫泣岂徒然。君子行多露。

王　融

渌水曲

湛露改寒司。交莺变春旭。琼树落晨红。瑶塘水初渌。日霁沙溆明。风泉动华烛。遵渚泛兰舫。乘漪弄清曲。斗酒千金轻。

寸阴百年促。何用尽欢娱。王度式如玉。

巫山高

想像巫山高。薄暮阳台曲。烟霞乍舒卷。猿鸟时断续。彼美如可期。寤言纷在瞩。怅然坐相思。秋风下庭绿。

萧谘议西上夜集

徘徊将所爱。惜别在河梁。衿袖三春隔。江山千里长。寸心无远近。边地有风霜。勉哉勤岁暮。敬矣事容光。山中殊未怿。杜若空自芳。

和王友德元古意二首

游禽暮知返。行人独未归。坐销芳香气。空度明月辉。嚬容入朝镜。思泪点春衣。巫山彩云没。淇上绿杨稀。待君竟不至。秋雁双双飞。

霜气下孟津。秋风度函谷。念君凄以寒。当轩卷罗谷。纤手废裁缝。曲鬓罢膏沐。千里不相闻。寸心郁纷蕴。_{平声}况复飞萤夜。木叶乱纷纷。

张　融

别　诗

白云山上尽。清风松下歇。欲识离人悲。孤台见明月。

刘　绘

有所思

别离安可再。而我更重之。佳人不相见。明月空在帷。共御满堂酌。独敛向隅眉。中心乱如雪。宁知有所思。

孔稚圭

游太平山

石险天貌分。林交日容缺。阴涧落春荣。寒岩留夏雪。_{阴森。}

陆　厥

临江王节士歌

木叶下。江波连。秋月照浦云歇山。秋思不可裁。复带秋叶来。秋风来已寒。白露惊罗纨。节士慷慨发冲冠。弯弓挂若木。长剑竦云端。

江孝嗣

北戍琅琊城诗

驱马一连翩。日下情不息。芳树似佳人。惆怅余何极。薄暮苦羁愁。终朝伤旅食。丈夫许人世。安得顾心忆。按剑勿复言。谁能耕与织。

东昏时百姓歌

金陵志。东昏侯即台城阅武堂为芳乐苑。又于苑中立店肆。以潘妃为市令。

阅武堂。种杨柳。至尊屠肉。潘妃沽酒。

梁　诗

武　帝

逸　民

如垄生木。木有异心。如林鸣鸟。鸟有殊音。如江游鱼。鱼有浮沉。岩岩山高。湛湛水深。事迹易见。理相难寻。<small>渊渊浑浑。不类齐梁风格。</small>

西洲曲

<small>一作晋辞。</small>

忆梅下西洲。折梅寄江北。单衫杏子红。双鬓鸦雏色。西洲在何处。两桨桥头渡。日暮伯劳飞。风吹乌柏树。树下即门前。门中露翠钿。开门郎不至。出门采红莲。采莲南塘秋。莲花过人头。低头弄莲子。莲子青如水。置莲怀袖中。莲心彻底红。忆郎郎不至。仰首望飞鸿。飞鸿满西洲。望郎上青楼。楼高望不见。尽日阑干头。阑干十二曲。垂手明如玉。卷帘天自高。海水摇空

绿。海水梦悠悠。君愁我亦愁。南风知我意。吹梦到西洲。续续
相生。连蹄接萼。摇曳无穷。情味愈出。○似绝句数首。攒簇
而成。乐府中又生一体。初唐张若虚、刘希夷。七言古。发源于此。

拟青青河畔草

幕幕绣户丝。悠悠怀昔期。昔期久不归。乡国旷音徽。音徽
空结迟。半寝觉如至。既寤了无形。与君隔平生。月似云掩光。
叶似霜摧老。当途竟自容。莫肯为妾道。

河中之水歌

一作晋辞。

河中之水向东流。洛阳女儿名莫愁。莫愁十三能织绮。十四
采桑南陌头。十五嫁为卢家妇。十六生儿字阿侯。卢家兰室桂为
梁。中有郁金苏合香。头上金钗十二行。足下丝履五文章。珊瑚
挂镜烂生光。平头奴子擎履箱。人生富贵何所望。恨不早嫁东
家王。

东飞伯劳歌

一作古辞。

东飞伯劳西飞燕。黄姑织女时相见。谁家儿女对门居。开颜
发艳照里闾。南窗北牖挂明光。罗帏绮帐脂粉香。女儿年纪十五
六。窈窕无双颜如玉。三春已暮花从风。空留可怜谁与同。何许

骀宕。

天安寺疏圃堂

乘和荡犹豫。此焉聊止息。连山去无限。长洲望不极。参差照光彩。左右皆春色。晻暧眗游丝。出没看飞翼。其乐信难忘。翛然宁有适。

藉　田

寅宾始出日。律中方星鸟。千亩土膏紫。万顷陂色缥。严驾仡霞昕。浥露逗光晓。启行天犹暗。伐鼓地未悄。苍龙发蟠蜿。青旂引窈窕。仁化洽孩虫。德令禁胎夭。耕藉乘月映。遗滞指秋杪。年丰廉让多。岁薄礼节少。公卿秉耒耜。庶甿荷锄穮。*同扰。*一人惭百王。三推先亿兆。*典重肃穆。能与题称。*

简文帝

诗至萧梁。君臣上下。惟以艳情为娱。失温柔敦厚之旨。汉魏遗轨。荡然扫地矣。故所选从略。

折杨柳

杨柳乱成丝。攀折上春时。叶密鸟飞得。风轻花落迟。城高短箫发。林空画角悲。曲中无别意。并是为相思。*风轻花落迟五字隽绝。*

252

临高台

高台半行云。望望高不极。草树无参差。山河同一色。仿佛
洛阳道。道远难别识。玉阶故情人。情来共相忆。山河同一色。自
是登高远望神理。少陵登塔云。俯视但一气。焉能辨皇州。更觉雄跨数倍。

纳　凉

斜日晚骎骎。池塘生半阴。避暑高梧侧。轻风时入襟。落花
还就影。惊蝉乍失林。游鱼吹水沫。神蔡上荷心。翠竹垂秋采。
丹枣映疏砧。无劳夜游曲。寄此托微吟。

元　帝

咏阳云楼檐柳

杨柳非花树。依楼自觉春。枝边通粉色。叶里映红巾。带日
交帘影。因吹扫席尘。拂檐应有意。偏宜桃李人。咏杨柳者。唐人
佳句甚多。然不如梁元二语。有天然之致。○落星依远戍。斜月半平林。二
语澹远可风。摘录于此。

折杨柳

巫山巫峡长。垂柳复垂杨。同心且同折。故人怀故乡。山似
莲花艳。流如明月光。寒夜猿声彻。游子泪沾裳。连上篇。此种音

253

节。竟是五言近体矣。古诗之亡。亡于齐梁之间。唐陈射洪起而廓清之。文得昌黎。诗得射洪。挽回之功不小。

沈 约

家令诗。较之鲍、谢。性情声色。俱逊一格矣。然在萧梁之代。亦推大家。以边幅尚阔。词气尚厚。能存古诗一脉也。尔时江屯骑、何水曹。各自成家。可以鼎足。水部名句极多。然渐入近体。

临高台

高台不可望。望远使人愁。连山无断绝。河水复悠悠。所思竟何在。洛阳南陌头。可望不可见。何用解人忧。

夜夜曲

河汉纵且横。北斗横复直。星汉空如此。宁知心有忆。孤灯暖不明。寒机晓犹织。零泪向谁道。鸡鸣徒叹息。

新安江至清浅深见底贻京邑游好

眷言访舟客。兹川信可珍。洞彻随清浅。皎镜无冬春。千仞写高树。百丈见游鳞。沧浪有时浊。清济涸无津。岂若乘斯去。俯映石磷磷。纷吾隔嚣滓。宁假濯衣巾。愿以漯潺水。沾君缨上尘。

直学省愁卧

学省，国学也。

秋风吹广陌。萧瑟入南闱。愁人掩轩卧。高窗时动扉。虚馆
清阴满。神宇暧微微。网虫垂户织。夕鸟傍檐飞。缨珮空为忝。
江海事多违。山中有桂树。岁暮可言归。诗品自在。是文选体。

宿东园

陈王斗鸡道。安仁采樵路。东郊岂异昔。聊可闲余步。野径
既盘纡。荒阡亦交互。槿篱疏复密。荆扉新且故。树顶鸣风飙。
草根积霜露。惊麇去不息。征鸟时相顾。茅栋啸愁鸱。平冈走寒
兔。夕阴带层阜。长烟引轻素。飞光忽我遒。岂止岁云暮。若蒙
西山药，颓龄倘能度。潘岳诗曰。出自东郊。忧心摇摇。遵彼莱田。言
采其樵。○西山药。见魏文诗。

别范安成

生平少年日。分手易前期。及尔同衰暮。非复别离时。勿言
一尊酒。明日难重持。梦中不识路。何以慰相思。一片真气流出。
句句转。字字厚。去十九首不远。

伤谢朓

吏部信才杰。文峰振奇响。调与金石谐。思逐风云上。岂言

255

陵霜质。忽随人事往。尺璧尔何冤。一日同丘壤。三四语。能状谢朓之诗。

石塘濑听猿

嗷嗷夜猿鸣。溶溶晨雾合。不知声远近。惟见山重沓。既欢东岭唱。复伫西岩答。

游沈道士馆

秦皇御宇宙。汉帝恢武功。欢娱人事尽。情性犹未充。锐意三山上。托慕九霄中。既表祈年观。复立望仙宫。宁为心好道。直由意无穷。曰余知止足。是愿不须丰。遇可淹留处。便欲息微躬。山嶂远重叠。竹树近蒙笼。开襟濯寒水。解带临清风。所累非物外。为念在玄空。朋来握石髓。宾至驾轻鸿。都令人径绝。惟使云路通。一举凌倒景。同影。无事适华嵩。寄言赏心客。岁暮尔来同。谷永曰。遇风轻举。登遐倒景。言身在日月之上。日月反从下照。故其景倒也。○欢娱人事尽十字。宁为心好道十字。从来富贵人慕神仙之故。断得确。说得尽。

早发定山

夙龄爱远壑。晚莅见奇山。标峰彩虹外。置岭白云间。倾壁忽斜竖。绝顶复孤圆。归流海漫漫。出浦水溅溅。野棠开未落。山樱发欲然。忘归属兰杜。怀禄寄芳荃。眷言采三秀。徘徊望九仙。通体对偶。亦成一格。

冬节后至丞相第诣世子车中作

齐书。豫章王嶷薨。赠丞相、杨州牧。长子廉。为
世子。

廉公失权势。门馆有虚盈。贵贱犹如此。况乃曲池平。高车
尘未灭。珠履故余声。宾阶绿钱满。客位紫苔生。谁当九原上。
郁郁望佳城。史记廉颇传曰。廉颇失势之时。故客尽去。乃复为将。又
复至。

奉和竟陵王经刘瓛墓

表闾钦逸轨。式墓礼真魂。化涂终渺默。神理暧犹存。尘经
未辍幌。高衡已委门。日芜子云舍。徒望董生园。华阴无遗布。
楚席有灵樽。元泉倘能慰。长夜且勿论。华阴句。用王烈遗盗牛者
布事。

古诗源卷十三

梁 诗

江 淹

文通颇能修饰。而风骨未高。

从冠军建平王登庐山香炉峰

广成爱神鼎。淮南好丹经。此山具鸾鹤。往来尽仙灵。瑶草正翕歘。玉树信葱青。绛气下萦薄。白云上杳冥。中坐瞰蜿虹。俯伏视流星。不寻遐怪极。则知耳目惊。日落长沙渚。曾阴万里生。藉兰素多意。临风默含情。方学松柏隐。羞逐市井名。幸承光诵末。伏思托后旍。

望荆山

奉诏至江汉。始知楚塞长。南关绕桐柏。西岳出鲁阳。寒郊无留影。秋日悬清光。悲风挠重林。云霞肃川涨。岁晏君如何。零泪沾衣裳。玉柱空掩露。金樽坐含霜。一闻苦寒奏。再使艳歌伤。萧瑟。

古离别

杂拟共三十首。今存五首。

远与君别者。乃至雁门关。黄云蔽千里。游子何时还。送君如昨日。檐前露已团。不惜蕙草晚。所悲道里寒。君在天一涯。妾身长别离。愿一见颜色。不异琼树枝。兔丝及水萍。所寄终不移。淮南子曰。夫萍树根于水。木树根于土。天地性也。此借以表己志之贞。

班婕妤咏扇

纨扇如团月。出自机中素。画作秦王女。乘鸾向烟雾。彩色世所重。虽新不代故。窃愁凉风至。吹我玉阶树。君子恩未毕。零落在中路。

刘太尉琨伤乱

皇晋遘阳九。天下横氛雾。秦赵值薄蚀。幽并逢虎据。伊余荷宠灵。感激徇驰骛。虽无六奇术。冀与张韩遇。宁戚扣角歌。桓公遭乃举。荀息冒险难。实以忠贞故。空令日月逝。愧无古人度。饮马出城壕。北望沙漠路。千里何萧条。白日隐寒树。投袂既愤懑。抚枕怀百虑。功名惜未立。玄发已改素。时哉苟有会。治乱惟冥数。末段悲壮。去太尉不远。

陶征君潜田居

种苗在东皋。苗生满阡陌。虽有荷锄倦。浊酒聊自适。日暮巾柴车。路暗光已夕。归人望烟火。稚子候檐隙。问君亦何为。百年会有没。但愿桑麻成。蚕月得纺绩。素心正如此。开径望三益。得彭泽之清逸矣。

休上人怨别

西北秋风至。楚客心悠哉。日暮碧云合。佳人殊未来。露彩方泛艳。月华始徘徊。宝书为君掩。瑶琴讵能开。相思巫山渚。怅望阳云台。高鑪绝沈燎。绮席生浮埃。桂水日千里。因之平生怀。有佳句。

效阮公诗

岁暮怀感伤。中夕弄清琴。戾戾曙风急。团团明月阴。孤云出北山。宿鸟惊东林。谁谓人道广。忧慨自相寻。宁知霜雪后。独见松竹心。

少年学击剑。从师至幽州。燕赵兵马地。惟见古时丘。登城望山水。平原独悠悠。寒暑有往来。功名安可留。

若木出海外。本自丹水阴。群帝共上下。鸾鸟相追寻。千龄犹旦夕。万世更浮沉。岂与异乡士。瑜瑕论浅深。

昔余登大梁。西南望洪河。时寒原野旷。风急霜露多。仲冬正惨切。日月少精华。落叶纵横起。飞鸟时相过。搔首广川阴。怀归思如何。常愿反初服。闲步颍水阿。

宵月辉西极。女圭映东海。佳丽多异色。芬葩有奇采。绮缟非无情。光阴命谁待。不与风雨变。长共山川在。人道则不然。消散随风改。能脱当时排偶之习。然较之阮公。相去不可数计。

范 云

有所思

如何有所思。而无相见时。宿昔梦颜色。阶庭寻履綦。高张更何已。引满终自持。欲知忧能老。为视镜中丝。

赠张徐州谡

田家樵采去。薄暮方来归。还闻稚子说。有客款柴扉。傧从皆珠玑。裘马悉轻肥。轩盖照墟落。传瑞生光辉。疑是徐方牧。既是复疑非。思旧昔言有。此道今已微。物情弃疵贱。何独顾衡闱。恨不具鸡黍。得与故人挥。怀情徒草草。泪下空霏霏。寄书云间雁。为我西北飞。既是疑非。跌宕有神。

送沈记室夜别

桂水澄夜氛。楚山清晓云。秋风两乡怨。秋月千里分。寒枝宁共采。霜猿行独闻。扪萝正忆我。折桂方思君。

之零陵郡次新亭

江干远树浮。天末孤烟起。江天自如合。烟树还相似。沧流未可源。高骃去何已。

别 诗

洛阳城东西。长作经时别。昔去雪如花。今来花似雪。*自然得之。故佳。后人学步。便觉有意。*

任 昉

赠郭桐庐出溪口见候余既未至郭仍进村维舟久之郭生乃至

朝发富春渚。蓄意忍相思。逐令行春返。冠盖溢川坻。望久方来萃。悲欢不自持。沧江路穷此。湍险方自兹。叠嶂易成响。重以夜猿悲。客心幸自弭。中道遇心期。亲好自斯绝。孤游从此辞。*如题转落。不见痕迹。长题以此种为式。*

赠徐征君

促生悲永路。早交伤晚别。自我隔容徽。于焉徂岁月。情非山河阻。意似江湖悦。东皋有儒素。杳与荣名绝。曾是违赏心。曷用箴余缺。眇焉追平生。尘书废不阅。信此伊能已。怀抱岂暂辍。何以表相思。贞松擅严节。

别萧谘议_衍

离烛有穷辉。别念无终绪。歧言未及申。离目已先举。揆景巫衡阿。临风长楸浦。浮云难嗣音。裴徊怅谁与。傥有关外驿。聊访狎鸥渚。

出郡传舍哭范仆射_{三首之一}

与子别几辰。经涂不盈旬。弗睹朱颜改。徒想平生人。宁知安歌日。非君撤瑟晨。已矣余何叹。辍春哀国均。<small>宁知安歌日一联。令人几不敢言欢娱。情辞极为深宛。</small>

邱　迟

侍宴乐游苑送张徐州应诏

诘旦闾阖开。驰道闻凤吹。轻荑承玉辇。细草藉龙骑。风迟山尚响。雨息云犹积。<small>音渍。</small>巢空初鸟飞。荇乱新鱼戏。实惟北门重。匪亲孰为寄。参差别念举。肃穆恩波被。小臣信多幸。投生岂酬义。<small>史记。齐威王曰。吾使有黔夫者。使守徐州。则燕人祭北门。故知与徐州关合。非寻常征引。〇西征赋曰。岂生命之易投。</small>

旦发渔浦潭

渔潭雾未开。赤亭风已飐。棹歌发中流。鸣鞞响沓嶂。村童忽相聚。野老时一望。诡怪石异象。崭绝峰殊状。森森荒树齐。析析寒沙涨。藤垂岛易陟。崖倾屿难傍。信是永幽栖。岂徒暂清旷。坐啸昔有委。卧治今可尚。

柳 恽

江南曲

汀洲采白苹。日暖江南春。洞庭有归客。潇湘逢故人。故人何不返。春花复应晚。不道新知乐。只言行路远。

赠吴均

寒云晦沧洲。奔潮溢南浦。相思白露亭。永望秋风渚。心知别路长。谁谓若燕楚。关候日辽绝。如何附行旅。愿作野飞鸟。飘然自轻举。

捣衣诗

孤衾引思绪。独枕怆忧端。深庭秋草绿。高门白露寒。思君起清夜。促柱奏幽兰。不怨飞蓬苦。徒伤蕙草残。

行役滞风波。游人淹不归。亭皋木叶下。陇首秋云飞。寒园夕鸟集。思牖草虫悲。嗟矣当春服。安见御冬衣。

鹤鸣劳永叹。采菉伤时暮。念君方远游。望妾理纨素。秋风吹绿潭。明月悬高树。佳人饰净容。招携从所务。

步榈杳不极。离堂肃已屏。轩高夕杼散。气爽夜砧鸣。瑶华

随步响。幽兰逐袂生。踟蹰理金翠。容与纳宵清。捣衣只于末首正
点。以上写情。

庾肩吾

奉和春夜应令

春牖对芳洲。珠帘新上钩。烧香知夜漏。刻烛验更筹。天禽
下北阁。织女入西楼。月皎疑非夜。林疏似更秋。水光悬荡壁。
山翠下添流。讵假西园燕。无劳飞盖游。写景娟秀。一结是应令体。

乱后行经吴御亭

御亭一回望。风尘千里昏。青袍异春草。白马即吴门。獯戎
鲠伊洛。杂种乱辕辕。辇道同关塞。王城似太原。休明鼎尚重。
秉礼国犹存。殷牖爻虽赜。尧城吏转尊。泣血悲东走。横戈念北
奔。方凭七庙略。誓雪五陵冤。人事今如此。天道共谁论。御亭,
吴大帝所建。在晋陵。别本作邮亭误。

咏长信宫中草

委翠似知节。含芳如有情。全由履迹少。并欲上阶生。并欲
字,唐人多此种字法。

经陈思王墓

公子独忧生。邱垄擅余名。采樵枯树尽。犁田荒隧平。宁追

宴平乐。讵想谒承明。且余来锡命。兼言事结成。飘飘河朔远。飚飙飔风鸣。雁与云俱阵。涉将蓬共惊。枯桑落古社。寒鸟归孤城。陇水哀笛曲。渔阳惨鼓声。离家来远客。安得不伤情。庾肩吾、张正见、其诗声色臭味俱备。诗之佳者。在声色臭味之俱备。如庾如张是也。诗之高者。在声色臭味之俱无。如陶渊明是也。○梁、陈、隋间人。专工琢句。如庾肩吾泛舟后湖、残虹收度雨。缺岸上新流。张正见赋得白云临浦、疏叶临嵇竹。轻鳞入郑船。江总赠人、露洗山扉月。霜开石路烟。隋炀帝、鸟击初移树。鱼寒欲隐苔。皆成名俊。然比之池塘生春草。天际识归舟等句。痕迹宛然矣。于此足觇风气。

吴　均

答柳恽

清晨发陇西。日暮飞狐谷。秋月照层岭。寒风扫高木。雾露夜侵衣。关山晓催轴。君去欲何之。参差间原陆。一见终无缘。怀悲空满目。

酬别江主簿屯骑

有客告将离。赠言重兰蕙。泛舟当泛济。结交当结桂。济水有清源。桂树多芳根。毛公与朱亥。俱在信陵门。赵瑟凤凰柱。吴醑金罍樽。我有北山志。留连为报恩。夫君皆逸翮。搏景复陵骞。白云间海树。秋日暗平原。寒虫鸣趯趯。落叶飞翻翻。何用赠分首。自有北堂萱。结交当结桂。桂即当君子看。

主人池前鹤

本自乘轩者。为君阶下禽。摧藏多好貌。清唳有奇音。稻粱惠既重。华池遇亦深。怀恩未忍去。非无江海心。

酬周参军

日暮忧人起。倚户怅无欢。水传洞庭远。风送雁门寒。江南霜雪重。相如衣服单。沉云隐乔树。细雨灭层峦。且当对樽酒。朱弦永夜弹。

春 咏

春从何处来。拂水复惊梅。云障青锁闼。风吹承露台。美人隔千里。罗帏闭不开。无由得共语。空对相思杯。一起飘逸。

山中杂诗

山际见来烟。竹中窥落日。鸟向檐上飞。云从窗里出。四句写景。自成一格。

何 逊

仲言诗。虽乏风骨。而情词宛转。浅语俱深。宜为沈、范心折。阴、何并称。然何自远胜。

日夕望江山赠鱼司马

溢城带溢水。溢水萦如带。日夕望高城。耿耿青云外。城中多宴赏。丝竹常繁会。管声已流悦。弦声复凄切。歌黛惨如愁。舞腰凝欲绝。仲秋黄叶下。长风正骚屑。早雁出云归。故燕辞檐别。昼悲在异县。夜梦还洛汭。洛汭河悠悠。起望西南楼。的的帆向浦。团团月映洲。谁能一羽化。轻举逐飞浮。音响得之西洲。

道中赠桓司马季珪

晨缆虽同解。晚洲阻共入。犹如征鸟飞。差池不可及。本愿申羁旅。何言异翔集。君渡北江时。讵令南浦泣。

入西塞示南府同僚

露清晚风冷。天曙江光爽。薄云岩际出。初月波中上。黯黯连障阴。骚骚急沫响。回查急碍浪。群飞争戏广。伊余本羁客。重暎复心赏。望乡虽一路。怀归成二想。在昔爱名山。自知欢独往。情游乃落魄。得性随怡养。年事以蹉跎。生平任浩荡。方还让夷路。谁知羡鱼网。

赠诸游旧

弱操不能植。薄技竟无依。浅智终已矣。令名安可希。扰扰从役倦。屑屑身事微。少壮轻年月。迟暮惜光辉。一涂今未是。万绪昨如非。新知虽已乐。旧爱尽暌违。望乡空引领。极目泪沾

271

衣。旅客长憔悴。春物自芳菲。岸花临水发。江燕绕樯飞。无由
下征帆。独与暮潮归。

送韦司马别

送别临曲渚。征人慕前侣。离言虽欲繁。离思终无绪。惘惘
分手毕。萧萧行帆举。举帆越中流。望别上高楼。予起南枝怨。
子结北风愁。逦逦山蔽日。汹汹浪隐舟。隐舟邈已远。裴徊落日
晚。归衢并驾奔。别馆空筵卷。想子敛眉去。知予衔泪返。衔泪
心依依。薄暮行人稀。暧暧入塘港。蓬门已掩扉。帘中看月影。
竹里见萤飞。萤飞飞不息。独愁空转侧。北窗倒长簟。南邻夜闻
织。弃置勿复陈。重陈长叹息。每于顿挫处。蝉联而下。一往情深。

别沈助教

可怜玉匣剑。复此飞凫舄。未觉爱生憎。忽见双成只。一朝
别笑语。万事成畴昔。道遒若波澜。人生异金石。愿君深自爱。
共念悲无益。

与苏九德别

宿昔梦颜色。咫尺思言宴。何况杳来期。各在天一面。踟蹰
暂举酒。倏忽不相见。春草似青袍。秋月如团扇。三五出重云。
当知我忆君。萋萋若被径。怀抱不相闻。末四句分顶秋月、春草。随
手成法。无所不可。

宿南洲浦

幽栖多暇豫。从役知辛苦。解缆及朝风。落帆依暝浦。违乡已信次。江月初三五。沈沈夜看流。渊渊朝听鼓。霜洲渡旅雁。朔飙吹宿莽。夜泪坐涔涔。是夕偏怀土。

和萧谘议岑离闺怨

晓河没高栋。斜月半空庭。窗中度落叶。帘外隔飞萤。含悲下翠帐。掩泣闭金屏。昔期今未返。春草寒复青。思君无转易。何异北辰星。

临行与故游夜别

历稔共追随。一旦辞群匹。复如东注水。未有西归日。夜雨滴空阶。晓灯暗离室。相悲各罢酒。何时同促膝。

与胡兴安夜别

居人行转轼。客子暂维舟。念此一筵笑。分为两地愁。露湿寒塘草。月映清淮流。方抱新离恨。独守故园秋。

慈姥矶

暮烟起遥岸。斜日照安流。一同心赏夕。暂解去乡忧。野岸平沙合。连山远雾浮。客悲不自已。江上望归舟。己不能归。而望他舟之归。情事黯然。

相　送

客心已百念。孤游重千里。江暗雨欲来。浪白风初起。

王　籍

入若耶溪

　　艅艎何泛泛。空水共悠悠。阴霞生远岫。阳景逐回流。蝉噪林逾静。鸟鸣山更幽。此地动归念。长年悲倦游。隽语当时传诵。以为文外独绝。

刘　峻

自江州还入石头诗

　　鼓枻浮大川。延睇洛城观。洛城何郁郁。杳与云霄半。前望苍龙门。斜瞻白鹤馆。槐垂御沟道。柳缀金堤岸。迅马晨风趋。轻与流水散。高歌梁尘下。缅瑟荆禽乱。我思江海游。曾无朝市玩。忽寄灵台宿。空轸及关叹。仲子入南楚。伯鸾出东汉。何敢栖树枝。取毙王孙弹。

刘孝绰

古　意

燕赵多佳丽。白日照红妆。荡子十年别。罗衣双带长。春楼怨难守。玉阶空自伤。复此归飞燕。衔泥绕曲房。差池入绮幕。上下傍雕梁。故居犹可念。故人安可忘。相思昏望绝。宿昔梦容光。魂交忽在御。转侧定他乡。徒然顾枕席。谁与同衣裳。空使兰膏夜。炯炯对繁霜。

陶弘景

诏问山中何所有赋诗以答

答齐高帝诏。

山中何所有。岭上多白云。只可自怡悦。不堪持寄君。即独寐寤宿。永矢勿告意。

寒夜怨

夜云生。夜鸿惊。凄切嘹唳伤夜情。空山霜满高烟平。铅华沈照帐孤明。寒月微。寒风紧。愁心绝。愁泪尽。情人不胜怨。思来谁能忍。音节近词。空山七字却高。

275

曹景宗

光华殿侍宴赋竞病韵

　　景宗破魏师凯旋。帝于光华殿宴饮联句。景宗启求赋诗。时韵已尽。惟余竞、病。二字。景宗操笔而成。帝深叹赏。朝贤惊嗟累日。

　　去时儿女悲。归来笳鼓竞。借问行路人。何如霍去病。

徐　悱

古意酬到长史溉登琅琊城

　　在润州江宁县西北十八里。

　　甘泉警烽候。上谷抵楼兰。此江称豁险。兹山复郁盘。表里穷形胜。襟带尽岩峦。修篁壮下属。危楼峻上干。登陴越遐望。回首见长安。金沟朝灞浐。甬道入鸳鸾。鲜车骛华毂。汗马跃银鞍。少年负壮气。耿介立冲冠。怀纪燕山石。思开函谷丸。岂如灞上戏。羞取路傍观。寄言封侯者。数奇良可叹。在尔时已为高响。

虞羲

咏霍将军北伐

拥旄为汉将。汗马出长城。长城地势险。万里与云平。凉秋
八九月。胡骑入幽并。飞狐白日晚。瀚海愁云生。羽书时断绝。
刁斗昼夜惊。乘墉挥宝剑。蔽日引高旍。云屯七萃士。鱼丽六郡
兵。胡笳关下思。羌笛陇头鸣。骨都先自詟。日逐次亡精。玉门
罢斥堠。甲第始修营。位登万庾积。功立百行成。天长地自久。
人道有亏盈。未穷激楚乐。已见高台倾。当令麟阁上。千载有雄
名。汉书。匈奴有骨都侯。有日逐王。〇雍门周说孟尝君曰。千秋万岁后。
高台既已倾。曲池又已平。〇不为纤靡之习所囿。居然杰作。

卫敬瑜妻王氏

孤燕诗

南史。贞女所居户有巢燕。常双飞来去。后忽孤
飞。贞女感其偏栖。乃以缕系脚为志。后岁。此燕更
来。犹带前缕。女复为诗曰。

昔年无偶去。今春犹独归。故人恩义重。不忍复双飞。贞洁
语出以和婉。愈能感人。

乐府歌辞

企喻歌

以下横吹曲。乃北音也。

男儿欲作健。结伴不须多。鹞子经天飞。群雀两向波。
前行看后行。齐著铁裲裆。前头看后头。齐著铁互铎。
男儿可怜虫。出门怀死忧。尸丧狭谷中。白骨无人收。有同
袍同泽之风。

幽州马客吟歌辞

快马常苦瘦。剿儿常苦贫。黄禾起羸马。有钱始作人。

琅琊王歌辞

新买五尺刀。悬著中梁柱。一日三摩挲。剧于十五女。
客行依主人。愿得主人强。猛虎依深山。愿得松柏长。正意
在前。喻意在后。古人往往有之。
怼马高缠鬃。遥知身是龙。谁能骑此马。惟有广平公。按晋
书。广平公、姚弼兴之子、泓之弟也。

钜鹿公主歌辞

官家出游雷大鼓。细乘犊车开后户。车前女子年十五。手弹

琵琶玉节舞。钜鹿公主殷照女。皇帝陛下万几主。

陇头歌辞

朝发欣城。暮宿陇头。寒不能语。舌卷入喉。_{奇语。}

陇头流水。鸣声幽咽。遥望秦川。心肠断绝。_{此章同汉辞。}

折杨柳歌辞

上马不捉鞭。反折杨柳枝。蹀坐吹长笛。愁杀行客儿。

遥看孟津河。杨柳郁婆娑。我是掳家儿。不解汉儿歌。

健儿须快马。快马须健儿。跸跋黄尘下。然后别雄雌。

木兰诗

唧唧复唧唧。木兰当户织。不闻机杼声。惟闻女叹息。问女
何所思。问女何所忆。女亦无所思。女亦无所忆。昨夜见军帖。
可汗大点兵。军书十二卷。卷卷有爷名。阿爷无大儿。木兰无长
兄。愿为市鞍马。从此替爷征。东市买骏马。西市买鞍鞯。南市
买辔头。北市买长鞭。朝辞爷娘去。暮宿黄河边。不闻爷娘唤女
声。但闻黄河流水鸣溅溅。旦辞黄河去。暮至黑水头。不闻爷娘
唤女声。但闻燕山胡骑声啾啾。万里赴戎机。关山度若飞。朔气
传金柝。寒光照铁衣。将军百战死。壮士十年归。归来见天子。
天子坐明堂。策勋十二转。赏赐百千强。可汗问所欲。木兰不用
尚书郎。愿驰千里足。送儿还故乡。爷娘闻女来。出郭相扶将。
阿姊闻妹来。_{一作阿妹闻姊来。}当户理红妆。小弟闻姊来。磨刀霍
霍向猪羊。开我东阁门。坐我西间床。脱我战时袍。著我旧时

裳。当窗理云鬓。对镜帖花黄。出门看伙伴。伙伴皆惊惶。同行十二年。不知木兰是女郎。雄兔脚扑朔。雌兔眼迷离。两兔傍地走。安能辨我是雄雌。事奇诗奇。卑靡时得此。如凤凰鸣。庆云见。为之快绝。○唐人韦元甫有拟木兰诗一篇。后人并以此篇为韦作。非也。韦系中唐人。杜少陵草堂一篇。后半全用此诗章法矣。断以梁人作为允。

捉搦歌

华阴山头百丈井。下有流水澈骨冷。可怜女子能照影。不见其余见斜领。

黄桑柘屐蒲子履。中央有丝两头系。小时怜母大怜婿。何不早嫁论家计。

古诗源卷十四

陈 诗

阴 铿

渡青草湖

亦作庾信诗。

洞庭春溜满。平湖锦帆张。沅水桃花色。湘流杜若香。穴去茅山近。江连巫峡长。带天澄迥碧。映日动浮光。行舟逗远树。度鸟息危樯。滔滔不可测。一苇讵能航。

广陵岸送北使

行人引去节。送客舣归舻。即是观涛处。仍为郊赠衢。汀洲浪已息。邗江路不纡。亭嘶背枥马。樯转向风乌。海上春云杂。天际晚帆孤。离舟对零雨。别渚望飞凫。定知能下泪。非但一杨朱。

江津送刘光禄不及

依然临送渚。长望倚河津。鼓声随听绝。帆势与云邻。泊处空余鸟。离亭已散人。林寒正下叶。钓晚欲收纶。如何相背远。江汉与城闉。

和傅郎岁暮还湘州

苍茫岁欲晚。辛苦客方行。大江静犹浪。扁舟独且征。棠枯绛叶尽。芦冻白花轻。戍人寒不望。沙禽迥未惊。湘波各深浅。空轸念归情。

开善寺

鹫岭春光遍。王城野望通。登临情不极。萧散趣无穷。莺随入户树。花逐下山风。栋里归云白。窗外落晖红。古石何年卧。枯树几春空。淹留昔未及。幽桂在芳丛。诗至于陈。专工琢句。古诗一线绝矣。少陵绝句云。颇学阴何苦用心。又赠太白云。李侯有佳句。往往似阴铿。此特赏其句。非取其格也。

徐 陵

出自蓟北门行

蓟北聊长望。黄昏心独愁。燕山对古刹。代郡隐城楼。屡战桥恒断。长冰堕不流。天云如地阵。汉月带胡秋。溃土泥函谷。援绳缚凉州。平生燕颔相。会自得封侯。巧句。

别毛永嘉

愿子厉风规。归来振羽仪。嗟余今老病。此别空长离。白马君来哭。黄泉我讵知。徒劳脱宝剑。空挂陇头枝。似达愈悲。孝穆集中。不易多得。

关山月

关山三五夜。客子忆秦川。思妇高楼上。当窗应未眠。星旗映疏勒。云阵上祁连。战气今如此。从军复几年。

周弘让

留赠山中隐士

行行访名岳。处处必留连。遂至一岩里。灌木上参天。忽见茅茨屋。暧暧有人烟。一士开门出。一士呼我前。相看不道姓。焉知隐与仙。清真似陶诗一派。陈隋时得之大难。

周弘正

还草堂寻处士弟

四时易荏苒。百龄倏将半。故老多零落。山僧尽凋散。宿树
倒为查。旧水侵成岸。幽寻属令弟。依然归旧馆。感物自多伤。
况乃春莺乱。

江　总

遇长安使寄裴尚书

传闻合浦叶。远向洛阳飞。北风尚嘶马。南冠独不归。去云
目徒送。离琴手自挥。秋蓬失处所。春草屡芳菲。太息关山月。
风尘客子衣。

入摄山栖霞寺

净心抱冰雪。暮齿逼桑榆。太息波川迅。悲哉人世拘。岁华
皆采获。冬晚共严枯。濯流济八水。开襟入四衢。兹山灵妙合。
当与天地俱。石濑乍深浅。崖烟递有无。缺碑横古隧。盘木卧荒
涂。行行备履历。步步怜威纡。高僧迹共远。胜地心相符。樵隐
各有得。丹青独不渝。寺僧犹有郎诠二师、居士明绍、治中萧暕塑像图。
遗风伫芳桂。比德喻生刍。寄言长往客。凄然伤鄙夫。薄有清气。

急当收入。○总持更有游摄山诗。中云。荷衣步林泉。麦气凉昏晓。亦佳句也。

南还寻草市宅

入隋后南还之作。

红颜辞巩洛。白首入轘辕。乘春行故里。徐步采芳荪。径毁悲求仲。林残忆巨源。见桐犹识井。看柳尚知门。花落空难遍。莺啼静易喧。无人访语默。何处叙寒温。百年独如此。伤心岂复论。

并州羊肠坂

三春别帝乡。五月度羊肠。本畏车轮折。翻嗟马骨伤。惊风起朔雁。落照尽胡桑。关山定何许。徒御惨悲凉。

于长安归还扬州九月九日行薇山亭赋韵

心逐南云逝。形随北雁来。故乡篱下菊。今日几花开。

哭鲁广达

为韩擒虎所执遇害者。

黄泉虽抱恨。白日自留名。悲君感义死。不作负恩生。不嫌自污。真情可悯。

287

闺怨篇

寂寂青楼大道边。纷纷白雪绮窗前。池上鸳鸯不独自。帐中苏合还空然。屏风有意障明月。灯火无情照独眠。辽西水冻春应少。蓟北鸿来路几千。愿君关山及早度。照妾桃李片时妍。竟似唐律。稍降则为填词矣。学者当防其渐。

张正见

秋日别庾正员

征途愁转旗。连骑惨停镳。朔气凌疏木。江风送上潮。青雀离帆远。朱鸢别路遥。唯有当秋月。夜夜上河桥。遇好句不十分卑弱者。亦便收入。钞诗者至此。眼界放下几许矣。

关山月

岩间度月华。流彩映山斜。晕逐连城璧。轮随出塞车。唐冀遥合影。秦桂远分花。欲验盈虚驶。方知道路赊。秦置桂林。言桂林之花。远分于月中也。

何 胥

被使出关

出关登陇坂。回首望秦川。绛水通西晋。机桥指北燕。奔流下激石。古木上参天。莺啼落春后。雁度在秋前。平生屡此别。肠断自催年。莺啼一联。极言风景之异。

韦 鼎

长安听百舌

万里风烟异。一鸟忽相惊。那能对远客。还作故乡声。

陈 昭

昭君词

跨鞍今永诀。垂泪别亲宾。汉地随行尽。胡关逐望新。交河拥塞雾。陇日暗沙尘。唯有孤明月。犹能远送人。雅音。

北魏诗附

刘　昶

断　句

南史。昶兵败奔魏。弃母、妻。惟携妾一人。骑马
自随。在道慷慨为断句。

白云满鄣来。黄尘暗天起。关山四面绝。故乡几千里。

常　景

司马相如

北史。景淹滞门下。积岁不至显官。以蜀司马相
如、王褒、严君平、扬子云皆有高才。而无重位。乃托
意以赞之。

长卿有艳才。直致不群性。郁若春烟举。皎如秋月映。游梁
虽好仁。仕汉常称病。清贞非我事。穷达委天命。

王　褒

王子挺秀质。逸气干青云。明珠既绝俗。白鹄信惊群。才世
苟不合。遇否途自分。空枉碧鸡命。徒献金马文。汉宣帝遣王褒祀
金马碧鸡之神。褒中道卒。故曰空枉、曰徒献云。

严君平

严君性沈静。立志明霜雪。味道综微言。端蓍演妙说。才屈
罗仲口。位结李强舌。素尚迈金贞。清标陵玉彻。

扬　雄

蜀江导清流。扬子挹余休。含光绝后彦。覃思邈前修。世轻
久不赏。玄谈物无求。当涂谢权宠。置酒得闲游。不及五君咏者。
颜作能写性情。此只引得故实也。以气体大方。收之。

温子升

从驾幸金墉城

兹城实佳丽。飞甍自相并。胶葛拥行风。岩峣阂流景。御沟
属清洛。驰道通丹屏。湛淡水成文。参差树交影。长门久已闭。

离宫一何静。细草缘玉阶。高枝荫桐井。微微夕渚暗。肃肃暮风泠。神行扬翠旂。天临肃清警。伊臣从下列。逢恩信多幸。康衢虽已泰。弱力将安骋。略有三谢之体。

捣 衣

长安城中秋夜长。佳人锦石捣流黄。香杵纹砧知近远。传声递响何凄凉。七夕长河烂。中秋明月光。蟋蟀塞边逢候雁。鸳鸯楼上望天狼。直是唐人。

胡 叟

示陈伯达

北史。叟入沮渠牧犍。牧犍遇之不重。乃为诗示伯达云。

群犬吠新客。佞暗排疏宾。直途既已塞。曲路非所遵。望卫惋祝鮀。盼楚悼灵均。何用宣忧怀。托翰寄辅仁。辅仁是康乐一种用法。其词太直。在北朝取其风格。

胡太后

杨白花

梁书。杨华少有勇力。容貌雄伟。魏太后逼通之。

华惧及祸。乃率其部曲降梁。太后思之。为作杨白花歌。使宫人连臂蹋足歌之。声甚凄惋。

阳春二三月。杨柳齐作花。春风一夜入闺闼。杨花飘荡落南家。含情出户脚无力。拾得杨花泪沾臆。春去秋来双燕子。愿衔杨花入窠里。音韵缠绵。令读者忘其秽亵。后人作此题。竟赋杨花。失其旨矣。柳子厚一篇。若隐若露。剧佳。

杂歌谣辞

咸阳王歌

北史。后魏咸阳王禧谋逆伏诛后。宫人为之歌。其歌流于江表。北人在南者。弦管奏之。莫不泣下。

可怜咸阳王。奈何作事误。金床玉几不能眠。夜踏霜与露。洛水湛湛弥岸长。行人那得渡。深情出以婉节。自能动人。一时文人诗。浅率无味。愧宫中女子多矣。

李波小妹歌

魏书。广平人李波。宗族强盛。残掠不已。百姓为之语云云。刺史李安世诱波等杀之。州内肃然。

李波小妹字雍容。褰裙逐马如卷蓬。左射右射必叠双。妇女尚如此。男子安可逢。

北齐诗_附

邢　邵

思公子

绮罗日减带。桃李无颜色。思君君未归。归来岂相识。

祖　珽

挽　歌

昔日驱驷马。谒帝长杨宫。旌悬白云外。骑猎红尘中。今来向漳浦。素盖转悲风。荣华与歌笑。万里尽成空。

郑公超

送庾羽骑抱

旧宅青山远。归路白云深。迟暮难为别。摇落更伤心。空城落日影。迥地浮云阴。送君自有泪。不假听猿吟。翻得新。

萧 悫

上之回

发轫城西时。回舆事北游。山寒石道冻。叶下故宫秋。朔路传清警。边风卷画旒。岁余巡省毕。拥仗返皇州。声律俱谐。唐音中之佳者。

和崔侍中从驾经山寺

钩陈夜警徼。河汉晓参横。游骑腾文马。前驱转翠旌。野禽喧曙色。山树动秋声。云表金轮见。岩端画栱明。塔疑从地涌。盖似积香成。泉高下溜急。松古上枝平。仪台多北思。丽藻蔚缘情。自嗟非照乘。何以继连城。

秋 思

清波收潦日。华林鸣籁初。芙蓉露下落。杨柳月中疏。燕帏

缃绮被。赵带流黄裾。相思阻音息。结梦感离居。芙蓉一联。不从
雕琢而得。自是佳句。

颜之推

古　意

　　十五好诗书。二十弹冠仕。楚王赐颜色。出入章华里。作赋
凌屈原。读书夸左史。数从明月宴。或侍朝云祀。登山摘紫芝。
泛江采绿芷。歌舞未终曲。风尘暗天起。吴师破九龙。秦兵割千
里。孤兔穴宗庙。霜露沾朝市。璧入邯郸宫。剑去襄城水。未获
殉陵墓。独生良足耻。悯悯思旧都。恻恻怀君子。白发窥明镜。
忧伤没余齿。直述中怀。转见古质。

从周入齐夜度砥柱

　　侠客重艰辛。夜出小平津。马色迷关吏。鸡鸣起戍人。露鲜
华剑彩。月照宝刀新。问我将何去。北海就孙宾。后汉书。中常侍
唐衡。兄唐玹。尽杀赵岐家属。岐逃难江湖间。匿名卖饼。时孙嵩察岐非常
人。曰。我北海孙宾硕。因藏岐复壁中。数年。诸唐后灭。岐因赦乃免。

冯淑妃

感琵琶弦

　　本齐主后。后为周师所获。以赐代王达。侍王弹琵

琶。因弦断作诗。

虽蒙今日宠。犹忆昔时怜。欲知心断绝。应看膝上弦。

斛律金

敕勒歌

北史。北齐神武。使斛律金唱敕勒。自和之。

敕勒川。阴山下。天似穹庐。笼盖四野。天苍苍。野茫茫。风吹草低见牛羊。莽莽而来。自然高古。汉人遗响也。

杂歌谣辞

童 谣

北史，齐本纪。后魏末。文宣未受禅时。有童谣。按薰然两头。于文为高。河边羖䍴。水边羊。帝名也。

一束薰。两头然。河边羖䍴飞上天。

北周诗 ^附

庾 信

　　陈隋间人。但欲得名句耳。子山于琢句中。复饶清气。故能拔出于流俗中。所谓轩鹤立鸡群者耶。子山诗固是一时作手。以造句能新。使事无迹。比何水部似又过之。武陵陈胤倩谓少陵不能青出于蓝。直是亦步亦趋。则又太甚矣。名句如步虚词云。汉帝看桃核。齐侯问枣花。山池云。荷风惊浴鸟。桥影聚行鱼。和宇文内史云。树宿含樱鸟。花留酿蜜蜂。军行云。塞迥翻榆叶。关寒落雁毛。法筵云。佛影胡人记。经文汉语翻。酬薛文学云。羊肠连九阪。熊耳对双峰。和人云。早雷惊蛰户。流雪长河源。园庭云。樵隐恒同路。人禽或对巢。清晨临泛云。猿啸风还急。鸡鸣潮欲来。冬狩云。惊雉逐鹰飞。腾猿看箭转。和人云。络纬无机织。流萤带火寒。咏画屏云。石险松横植。岩悬涧竖流。爱静鱼争乐。依人鸟入怀。梦入堂内云。日光钗影动。窗影镜花摇。少陵所云清新者耶。

商调曲

君以宫唱。宽大而谟明。闻义则可行。有熊为政。访道于容成。殷汤受命。委任于阿衡。忠其敬事。有罪不逃刑。诵其箴谏。言之无隐情。有刚有断。四方可以宁。既颂既雅。天下乃升平。专精一致。金石为之开。动其两心。妻子恩情乖。苟利社稷。无有不尽怀。昊天降祐。元首惟康哉。黄帝有熊氏。命容成作盖天。

礼乐既正。神人所以和。玉帛有序。志欲静干戈。各分符瑞。俱誓裂山河。今日相乐。对酒且当歌。道德以喻。听撞钟之声。神奸不若。观铸鼎之形。酆宫既朝。诸侯于是穆。岐阳或狩。淮夷自此平。若涉大川。言凭于舟楫。如和鼎实。有寄于盐梅。君臣一体。可以静氛埃。得人则治。何世无奇才。别为一体。当存以备观览。在尔时。宗庙之乐。亦用靡靡。此如蕢桴土鼓也。

乌夜啼

促柱繁弦非子夜。歌声舞态异前溪。御史府中何处宿。洛阳城头那得栖。弹琴蜀郡卓家女。织锦秦川窦氏妻。讵不自惊长泪落。到头啼乌恒夜啼。

对酒歌

春水望桃花。春洲藉芳杜。琴从绿珠借。酒就文君取。牵马向渭桥。日曝山头晡。山简接䍦倒。王戎如意舞。筝鸣金谷园。笛韵平阳坞。人生一百年。欢笑惟三五。何处觅钱刀。求为洛阳贾。起结致佳。○作意嶔崎。终归平顺。风气使然也。

奉和泛江

春江下白帝。画舸向黄牛。锦缆回沙碛。兰桡避荻洲。湿花随水泛。空巢逐树流。建平船柿下。荆门战舰浮。岸社多乔木。山城足迥楼。日落江风静。龙吟回上游。

同卢记室从军

河图论阵气。金匮辨星文。地中鸣鼓角。天上下将军。函犀恒七属。络铁本千群。飞梯聊度绛。合弩暂凌汾。寇阵先中断。妖营即两分。连烽对岭度。嘶马隔河闻。箭飞如疾雨。城崩似坏云。英王于此战。何用武安君。

至老子庙应诏

虚无推驭辨。寥廓本乘蜺。三门临苦县。九井对灵溪。盛丹须竹节。量药用刀圭。石似临邛芋。芝如封禅泥。𫠆音妥。毛新鹄小。盘根古树低。野戍孤烟起。春山百鸟啼。路有三千别。途经七圣迷。唯当别关吏。直向流沙西。神仙传。老子耳有三门。郡国志。苦县老子庙有九井。○悠悠三千。路难涉矣。赵至语。七圣俱迷。用轩辕访道事。

拟咏怀

无穷孤愤。倾吐而出。工拙都忘。不专拟阮。

畴昔国士遇。生平知己恩。直言珠可吐。宁知炭可吞。一顾重尺璧。千金轻一言。悲伤刘孺子。凄怆史皇孙。无因同武骑。归守霸陵园。

榆关断音信。汉使绝经过。胡笳落泪曲。羌笛断肠歌。纤腰减束素。别泪损横波。恨尽终不歇。红颜无复多。枯木期填海。青山望断河。

摇落秋为气。凄凉多怨情。啼枯湘水竹。哭坏杞梁城。天亡遭愤战。日蹙值愁兵。直虹朝映垒。长星夜落营。楚歌饶恨曲。南风多死声。眼前一杯酒。谁论身后名。

横流遘屯慝。上惨结重氛。哭市闻妖兽。颓山起怪云。绿林多散卒。清波有败军。智士今安用。忠臣且未闻。惜无万金产。东求沧海君。隋巢子。三苗大乱。龙生于庙。犬哭于市。

日晚荒城上。苍茫余落晖。都护楼兰返。将军疏勒归。马有风尘色。人多关塞衣。阵云平不动。秋蓬卷欲飞。闻道楼船战。今年不解围。

萧条亭障远。凄怆风尘多。关门临白狄。城影入黄河。秋风别苏武。寒水送荆轲。谁言气盖世。晨起账中歌。城影句悲壮。

步兵未饮酒。中散未弹琴。索索无真气。昏昏有俗心。涸鲋常思水。惊飞每失林。风云能变色。松竹且悲吟。由来不得意。何必往长岑。易震卦云。震索索。

悲歌度燕水。弭节出阳关。李陵从此去。荆卿不复还。故人形影灭。音书两俱绝。遥看塞北云。悬想关山雪。游子河梁上。应将苏武别。如闻羽声。○末路但收李陵。古人章法。

喜晴应诏敕自疏韵

御辨诚膺录。维皇称有建。雷泽昔经渔。负夏时从贩。柏梁

301

骖驷马。高陵驰六传。有序属宾连。无私表平宪。河堤崩故柳。秋水高新堰。心斋愍昏垫。乐彻怜胥怨。禅河秉高论。法轮开胜辩。王城水斗息。洛浦河图献。伏泉还习坎。归风已回巽。桐枝长旧围。蒲节抽新寸。山薮欣藏疾。幽栖得无闷。有庆兆民同。讼年天子万。高陵句。用汉文本纪乘六传至高陵事。周明帝之立。亦相似也。○谷洛水斗。见国语。

和王少保遥伤周处士

王少保褒集。阙此题诗。

冥漠尔游岱。凄凉余向秦。虽言异生死。同是不归人。昔余仕冠盖。值子避风尘。望气求真隐。伺关待逸民。忽闻泉石友。芝桂不防身。怅然张仲蔚。悲哉郑子真。三山犹有鹤。五柳更应春。遂令从渭水。投吊往江滨。

奉和永丰殿下言志

立德齐今古。资仁一毁誉。无机抱瓮汲。有道带经锄。处下唯名惠。能贤本姓蘧。未论惊宠辱。安知系惨舒。

咏画屏风诗

昨夜鸟声春。惊鸣动四邻。今朝梅树下。定有咏花人。流星浮酒泛。粟瑱绕杯唇。何劳一片雨。唤作阳台神。
三危上凤翼。九坂度龙鳞。路高山里树。云低马上人。悬崖泉溜响。深谷鸟声春。住马来相问。应知有姓秦。

梅 花

常年腊月半。已觉梅花阑。不信今春晚。俱来雪里看。树动悬冰落。枝高出手寒。早知觅不见。真悔著衣单。<small>古人咏梅。清高越俗。后人愈刻画。愈觉粘滞。古人取神。后人取形也。</small>

寄徐陵

故人倘思我。及此平生时。莫待山阳路。空闻吹笛悲。

和侃法师

客游经岁月。羁旅故情多。近学衡阳雁。秋分俱渡河。

重别周尚书

阳关万里道。不见一人归。唯有河边雁。秋来南向飞。<small>从子山时势地位想之。愈见可悲。</small>

王 褒

关山篇

从军山陇坂。驱马度关山。关山恒掩蔼。高峰白云外。遥望秦川水。千里长如带。好勇自秦中。意气多豪雄。少年便习战。

十四已从戎。辽水深难渡。榆关断未通。

渡河北

秋风吹木叶。还似洞庭波。常山临代郡。亭障绕黄河。心悲异方乐。肠断陇头歌。薄暮临征马。失道北山阿。起调甚高。

隋　诗

炀　帝

炀帝诗。能作雅正语。比陈后主胜之。

饮马长城窟行示从征群臣

肃肃秋风起。悠悠行万里。万里何所行。横溪筑长城。岂台小子智。先圣之所营。树兹万世策。安此亿兆生。讵敢惮焦思。高枕于上京。北河秉武节。千里卷戎旌。山川互出没。原野穷超忽。拟金止行阵。鸣鼓兴士卒。千乘万骑动。饮马长城窟。秋昏塞外云。雾暗关山月。缘岩驿马上。乘空烽火发。借问长城候。单于入朝谒。浊气静天山。晨光照高阙。释兵仍振旅。要荒事方举。饮至告言旋。功归清庙前。

白马篇

白马金贝装。横行辽水傍。问是谁家子。宿卫羽林郎。文犀六属铠。宝剑七星光。山虚弓响彻。地迥角声长。宛河推勇气。

305

陇蜀擅威强。轮台受降虏。高阙翦名王。射熊入飞观。校猎下长杨。英名欺卫霍。智策蔑平良。岛夷时失礼。卉服犯边疆。征兵集蓟北。轻骑出渔阳。进军随日晕。挑战逐星芒。阵移龙势动。营开虎翼张。冲冠入死地。攘臂越金汤。尘飞战鼓急。风交征旗扬。转斗平华地。追奔扫鬼方。本持身许国。况复武功彰。会令千载后。流誉满旂常。二章气体自阔大。而骨力未能振起。故知风格初成。菁华未备。

杨 素

武人亦复奸雄。而诗格清远。转似出世高人。真不可解。

山斋独坐赠薛内史二首

居山四望阻。风云竟朝夕。深溪横古树。空岩卧幽石。日出远岫明。鸟散空林寂。兰庭动幽气。竹室生虚白。落花入户飞。细草当阶积。桂酒徒盈樽。故人不在席。日落山之幽。临风望羽客。

岩壑澄清景。景清岩壑深。白云飞暮色。绿水激清音。涧户散余彩。山窗凝宿阴。花草共萦映。树石相陵临。独坐对陈榻。无客有鸣琴。寂寂幽山里。谁知无闷心。

赠薛播州

北史。素以诗遗薛道衡。薛曰。人之将死。其言也善。若是乎。未几而卒。

在昔天地闭。品物属屯蒙。和平替王道。哀怨结人风。麟伤世已季。龙战道将穷。乱海飞群水。贯日引长虹。干戈异革命。揖让非至公。<small>落句是奸雄语。曹孟德时或有此。</small>

两河定宝鼎。八水域神州。函关绝无路。京洛化为丘。漳滏尔连沼。泾渭余别流。生郊满戎马。涉路起风牛。班荆疑莫遇。赠缟竟无由。

道昏虽已朗。政故犹未新。刳舟洹水际。结网大川滨。出游迎钓叟。入梦访幽人。植林虽各树。开荣岂异春。相逢一时泰。共幸百年身。<small>植林一联。言己与薛各奋事功。遣词甚雅。</small>

荏苒积岁时。契阔同游处。闉阇既趋朝。承明还宴语。上林陪羽猎。甘泉侍清曙。迎风含暑气。飞雨凄寒序。相顾惜光阴。留情共延伫。

滔滔彼江汉。实为南国纪。作牧求明德。若人应斯美。高卧未褰帷。飞声已千里。还望白云天。日暮秋风起。岘山君倪游。泪落应无已。

汉阴政已成。岭表人犹蠹。弹冠比方新。还珠总如故。楚人结去思。越俗歌来暮。阳乌尚归飞。别翟还回顾。君见南枝巢。应思北风路。

养病愿归闲。居荣在知足。栖迟茂陵下。优游沧海曲。故人情可见。今人遵路瞩。荒居接野穷。心物俱非俗。桂树芳丛生。山幽竟何欲。

秋水鱼游日。春树鸟鸣时。濠梁暮共往。幽谷有相思。千里悲无驾。一见杳难期。山河散琼蕊。庭树下丹滋。物华不相待。迟暮有余悲。

衔悲向南浦。寒色黯沈沈。风起洞庭险。烟生云梦深。独飞时慕侣。寡和乍孤音。木落悲时暮。时暮感离心。离心多苦调。讵假雍门琴。从天下之乱。说到定鼎。次说求材。次说立朝。次说薛之出守。颂其政成。次说己之归闲。末致相思之意。一题几章。须具此章法。○未尝不排。而不觉排偶之迹。骨高也。

卢思道

游梁城

扬镳历汴浦。回扈入梁墟。汉藩文雅地。清尘暖有余。宾游多任侠。台苑盛簪裾。叹息徐公剑。悲凉邹子书。亭皋落照尽。原野迥寒初。鸟散空城夕。烟销古树疏。东越严子陵。西蜀马相如。修名窃所慕。长谣独课虚。

薛道衡

昔昔盐

昔昔，犹夜夜也。盐，引之转而讹也。

垂柳覆金堤。蘼芜叶复齐。水溢芙蓉沼。花飞桃李蹊。采桑秦氏女。织锦窦家妻。关山别荡子。风月守空闺。恒敛千金笑。长垂双玉啼。盘龙随镜隐。彩凤逐帷低。飞魂同夜鹊。倦寝忆晨鸡。暗牖悬蛛网。空梁落燕泥。前年过代北。今岁往辽西。一去无消息。那能惜马蹄。暗牖悬蛛网二句。从张景阳青苔依空墙。蜘蛛网四屋化出。而其发原。则在伊威在室。蟏蛸在户。但后人愈巧耳。

敬酬杨仆射山斋独坐

相望山河近。相思朝夕劳。龙门竹箭急。华岳莲花高。岳高障重叠。鸟道风烟接。遥原树若荠。远水舟如叶。叶舟旦旦浮。惊波夜夜流。露寒洲渚白。月冷函关秋。秋夜清风发。弹琴即鉴月。虽非庄舄歌。吟咏常思越。杨素封越国公。○遥原二语。孟襄阳祖此句法。

人日思归

入春才七日。离家已二年。人归落雁后。思发在花前。

虞世基

出　塞

上将三略远。元戎九命尊。恓怀古人节。思酬明主恩。山西多勇气。塞北有游魂。扬桴度陇坂。勒骑上平原。誓将绝沙漠。悠然去玉门。轻赍不遑舍。惊策骛戎轩。懔懔边风急。萧萧征马烦。雪暗天山道。冰塞交河源。雾烽黯无色。霜旗冻不翻。耿介倚长剑。日落风尘昏。

入　关

陇云低不散。黄河咽复流。关山多道里。相接几重愁。

孙万寿

和周记室游旧京

大夫愍周庙。王子泣殷墟。自然心断绝。何关系惨舒。仆本
漳滨士。旧国亦沦胥。紫陌风尘起。青坛冠盖疏。台留子建赋。
宫落仲将书。谯周自题柱。商容谁表闾。闻君怀古曲。同病亦涟
洳。方知周处叹。前后信非虚。三四语翻得高。韦诞字仲将。为魏书
凌云台者。周处将战死。叹曰。军无后继必败。不徒身亡。为国取耻。

早发扬州还望乡邑

乡关不再见。怅望穷此晨。山烟蔽钟阜。水雾隐江津。洲渚
敛寒色。杜若变芳春。无复归飞羽。空悲沙塞尘。

东归在路率尔成咏

学宦两无成。归心自不平。故乡尚千里。山秋猿夜鸣。人愁
惨云色。客意惯风声。羁恨虽多绪。俱是一伤情。

王　胄

别周记室

五里徘徊崔。三声断绝猿。何言俱失路。相对泣离樽。别路

凄无已。当歌寂不喧。贫交欲有赠。掩涕竟无言。

尹 式

别宋常侍

游人杜陵北。送客汉川东。无论去与住。俱是一飘蓬。秋鬓含霜白。衰颜倚酒红。别有相思处。啼乌杂夜风。

孔德绍

送蔡君知入蜀

金陵已去国。铜梁忽背飞。失路远相送。他乡何日归。

夜宿荒村

绵绵夕漏深。客恨转伤心。抚弦无人听。对酒时独斟。故乡万里绝。穷愁百虑侵。秋草思边马。绕枝惊夜禽。风度谷余响。月斜山半阴。劳歌欲叙意。终是白头吟。

孔绍安

落 叶

早秋惊落叶。飘零似客心。翻飞未肯下。犹言惜故林。颇能寄托。

别徐永元秀才

金汤既失险。玉石乃同焚。坠叶还相覆。落羽更为群。岂谓三秋节。重伤千里分。促离弦易转。幽咽水难闻。欲识相思处。山川间白云。坠叶一联。比乱离之后。两人结契。非寻常写景。下转到惜别。

陈子良

送　别

落叶聚还散。征禽去不归。以我穷途泣。沾君出塞衣。不堪。○亦见何逊集。略有异同。

七夕看新妇隔巷停车

隔巷遥停幰。非复为来迟。只言更尚浅。未是渡河时。写来合并无迹。

王申礼

赋得岩穴无结构

岩间无结构。谷处极幽寻。叶落秋巢迥。云生石路深。早梅香野径。清涧响丘琴。独有栖迟客。留连芳杜心。

吕　让

和入京

俘囚经万里。憔悴度三春。发改河阳鬓。衣余京洛尘。钟仪悲去楚。随会泣留秦。既谢平吴利。终成失路人。

明余庆

从军行

三边烽乱惊。十万且横行。风卷常山阵。笳喧细柳营。剑花寒不落。弓月晓逾明。会取淮南地。持作朔方城。*剑花。一联唐人极摹此种句法。*

大义公主

公主，后周宇文氏女。嫁为突厥沙钵略妻。初名千金公主。隋灭周。自伤宗祀绝灭。每怀复周之志。日夜言于沙钵略。悉众为寇。后沙钵略内附。赐姓杨氏。改封大义公主。隋平陈后。以陈叔宝屏风赐主。主心恒不平。因书屏风为诗。

书屏风诗

盛衰等朝暮。世道若浮萍。荣华实难守。池台终自平。富贵今何在。空事写丹青。杯酒恒无乐。弦歌讵有声。余本皇家子。飘流入虏庭。一朝睹成败。怀抱忽纵横。古来共如此。非我独申名。唯有明君曲。偏伤远嫁情。英气勃勃。事虽不成。精卫之志。不可泯灭。

无名氏

送别诗

杨柳青青著地垂。杨花漫漫搅天飞。柳条折尽花飞尽。借问行人归不归。竟似盛唐人手笔。○东虚记云。此诗作于大业末年。指炀帝巡游无度。民穷财尽。望其返国。五子作歌之意也。

鸡鸣歌

东方欲明星烂烂。汝南晨鸡登坛唤。曲终漏尽严具陈。月没星稀天下旦。千门万户递鱼钥。宫中城上飞乌鹊。